ALCHEMIST

알케미스트

FUSION FANTASTIC STORY

시이람 장편 소설

알케미스트 1

시이람 장편 소설

초판 1쇄 찍은 날 § 2013년 2월 4일
초판 1쇄 펴낸 날 § 2013년 2월 12일

지은이 § 시이람
펴낸이 § 서경석

편집부장 § 권태완
편집책임 § 박우진
디자인 § 이혜정

펴낸곳 § 도서출판 청어람
등록번호 § 제1081-1-89호
등록일자 § 1999. 5. 31
어람번호 § 제1-1539호

주소 § 경기도 부천시 원미구 심곡2동 163-2 서경B/D 3F (우) 420-822
전화 § 032-656-4452 팩스 § 032-656-4453
http://www.chungeoram.com
E-mail § chungeorambook@daum.net

ISBN 978-89-251-3166-5 04810
ISBN 978-89-251-3165-8 (세트)

ALCHEMIST

알케미스트

FUSION FANTASTIC STORY   **1**   시이람 장편 소설

도서출판 청어람

CONTENTS

CHAPTER
00

서장

ALCHEMIST

　드넓은 대지 위에 빼곡히 심어진 나무들은 거대한 숲을 형성하고 있다. 숲은 끝을 모르고 펼쳐져 있어 그 안에서 누군가 길을 잃는다면 영원히 나올 수 없을 것처럼 보였다.

　이렇게 거대한 숲에 살고 있는 동물들은 평화롭게 땅에 있는 풀이나 나무를 뜯어먹으며 무리를 짓고 있었다. 이 초식동물들이 가끔 고개를 들 때는 포식자가 있는 것을 탐색하려고 할 때뿐이다.

　이렇게 평화로운 모습의 동물들이 풀을 뜯어먹다가 갑자기 모두 고개를 들어 하늘을 바라본다.

쿠르르릉!

서서히 대기가 우는 듯한 소리가 울려 퍼지면서 하늘을 보고 있던 동물들은 놀라 사방으로 흩어졌다. 한 번에 이동하는 동물들에 의해서 일어난 먼지들이 마치 안개처럼 사방을 뒤덮었다.

동물들이 바라봤던 하늘에는 몇 명의 사람이 날아다니고 있었다.

가운데 있는 한 사람과 그 사람을 향해 검을 들고 달려드는 두 사람, 그리고 그들과 떨어진 위치에서 보고 있는 한 노인이었다.

가운데 있는 사람에게 달려드는 기사 복장의 두 사람은 검에서 찬란하게 빛나는 기운을 두르고 매섭게 달려들었다. 아마도 누군가 그것을 보면 이들이 소드 마스터라며 소리치며 경악할 것이다.

가운데 사람이 자신에게 달려드는 두 사람을 향해 팔을 들어 올리자 폭음이 일어났다.

퍼엉!

달려들던 두 사람 중 한 사람이 뭔가에 부딪친 것처럼 튕겨 나더니 땅을 향해 떨어졌다.

그리고 같은 편으로 보였던 사람이 충격을 받고 떨어지는 것도 무시하고 달려들던 다른 한 사람은 가운데 사람에게 목을 붙잡았다. 그 모습은 마치 스스로 그의 손에 목덜미를 잡힌 것처럼 보일 지경이었다.

"끄으으윽······."

목이 잡힌 사내는 소드 마스터가 무색하게 버둥거리며 숨을 쉬지 못해 얼굴이 벌게지고 억눌린 신음을 토한다.

손에 잡힌 소드 마스터를 향해 다른 손을 들어 올리자 그의 손이 빛을 발하기 시작했고, 그 손은 자신의 다른 손에 잡힌 소드 마스터의 머리로 떨어지려 했다.

부아아앙!

하지만 멀리 떨어져 있는 노인의 손에서 나온 빛이 그의 몸에 적중하고 커다란 빛덩이에 가둬지자, 자신의 의사와 상관없이 잡고 있는 사람을 놓쳤다.

그리고 그를 가둔 빛덩이는 맹렬히 땅으로 돌진했다.

하늘에서 태양처럼 눈부신 빛을 발하는 구체가 동물들이 달아나는 곳으로 떨어졌다.

쿠콰콰콰쾅!

지면에 부딪친 구체는 엄청난 폭발로 변해 지면 전체를 뒤집어 버리더니 하늘을 향해 커다란 불꽃을 만들었다. 이 폭발에 말려든 동물들은 흔적도 없이 사라졌고, 다른 동물들은 폭발에 휩싸이지 않기 위해서 필사적으로 달렸다.

신비한 빛이 떨어진 자리는 커다란 반원의 구덩이가 만들어졌다.

그런데 잠시 후, 구덩이 가운데 땅이 미약하게 들썩이더니 작은 폭음과 함께 모래들이 허공으로 비산했다.

작은 폭발로 생긴 구덩이에서 한 사람의 팔이 땅을 짚고 구덩이를 올라왔다.

"헉… 헉……."

거친 숨을 내쉬고 있는 사람은 중년 정도의 나이로 보이는 남자였다. 남자의 옷은 피와 흙이 잔뜩 묻었지만, 마법사가 입는 로브가 분명해 보였다.

만약 그가 마법사가 맞다면, 마법사의 천적이라고 불리는 기사를, 그것도 소드 마스터를 어떻게 한손으로 제압했는지 이해하기 힘들었다.

구덩이에서 올라온 남자는 대단히 힘들어 보였지만 자리에 앉아 쉬지 않고 누군가를 기다리는 것처럼 자리에 우뚝 섰다.

바람이 부는 듯한 소리가 들리며 하늘에 떠 있던 노인과 소드 마스터가 내려왔다. 그들은 남자와 떨어진 위치에 서서 살기가 넘치는 눈으로 그를 노려봤다.

그리고 공중에서 충격을 받고 땅으로 떨어진 기사 복장의 노인이 숲 속에서 번개 같은 속도로 달려와 남자를 보고 검을 겨눴다. 엄청난 높이에서 충격을 받고 떨어졌는데도 별로 다친 기색이 아니었다.

"아스란, 이제 포기하고 조용히 우리를 따라서 가는 것이 어떻소. 당신도 이미 더 이상 싸울 상태가 아니라는 것은 잘 알고 있지 않소."

붉은 로브를 입은 노인이 남자를 아스란이라고 부르며 침통한 얼굴로 말했다. 하지만 아스란은 대답을 하지 않고 무서운 눈으로 그들을 노려봤다.

"당신이 대륙에 벌인 일로 얼마나 많은 사람들이 죽었는지 알고 있소? 이제 당신이 한 행동에 대해서 그 대가를 받아야 할 시간이오."

이번에는 아스란의 입가에 작은 미소가 떠올랐다. 그의 미소는 살기가 가득해 평범한 사람이라면 오금이 저릴 정도로 무서웠다.

"개소리하는군. 적어도 마지막에는 솔직해질 것이지…….
어차피 이곳에 있는 사람 모두 사실을 알고 있는 사람들 아닌가."

아스란의 말에 노인이 잠시 그를 바라보다가 다른 사람은 듣지 못하도록 중얼거렸다. 그러자 그의 몸에서 마나가 퍼지며 주변을 탐색하듯 훑고 지나갔다.

자신들을 제외하고 아무도 없다는 것을 확인한 노인의 얼굴에 서서히 비열한 미소가 번져 갔다.

"우리가 말한 그걸 내놓으면 되었는데, 왜 이렇게까지 되도록 버틴 것인가."

"나도 대답을 했었지. 와서 가져가 보라고."

"그래서 이렇게 가지러 온 것이 아닌가. 순순히 줬으면 마왕의 부활을 꾀한 자라고 역사에 자네의 이름이 남지 않았을 텐데 말이야."

"설마 이렇게까지 큰 규모로 일을 벌일 것이라고 예상하지 못한 내 잘못이지. 얼마나 준비한 것인가? 내 제자까지 포섭한 것을 봐서 준비한 시간도 만만치 않았을 텐데."

아스란의 물음에 노인의 얼굴에 비열한 미소가 더 짙어졌다.

"글쎄… 네가 용언 마법을 사용할 단초를 발견했을 때부터라고 하는 것이 맞겠지. 아, 네 제자는 그전에 포섭해 뒀었고. 그 녀석을 위한 개인 마탑을 하나 준비하고 별개 학파로 인정해 주겠다니까 단번에 넘어오더군."

노인의 말에 아스란의 얼굴이 살짝 일그러졌다.

"나를 위해 이십 년이나 준비를 했다는 말이군. 영광이라고 해야 하나?"

"그렇게 봐주면 고맙지. 대륙 역사상 두 번째로 8서클에 오른 대마법사를 상대하는 일인데, 허투루 일을 치를 수 없는 일 아닌가."

아스란은 앞에 있는 마탑주와 소드 마스터로 유명한 두 사람을 바라보며 눈에서 불똥이 튀었다.

완전한 몸 상태로 세 사람과 싸웠다면, 조금 힘들겠지만 그들을 죽이는 게 그리 어렵지 않았을 것이다.

하지만 이들을 만나기 전에 이미 수많은 암살자와 군대를 상대하느라 진이 빠졌다. 이렇게 지친 상태로 절대자라 불리던 이들을 상대하는 것은 불가능에 가까운 일이다.

노인도 알고 있는지 득의양양한 목소리로 말했다.

"살고 싶다면 그것을 내놔라. 그러면 최소한 목숨만은 살려주지. 이것은 내가 마나를 걸고 하는 말이니 거짓은 절대 아니다."

"그것이라… 크큭! 이걸 말하는 것인가?"

아스란은 자신의 품에서 얇은 철판으로 만들어진 구형의 철구를 꺼내 보였다. 그러자 그것을 보는 세 남자의 눈에 지독한 탐욕이 서렸다.

"이게 뭔지는 알고 달라는 것이냐?"

"네 제자를 우리가 포섭했다고 말했을 텐데."

"그렇군. 하지만… 내 필생의 연구 결과가 들어 있다는 것을 제외하더라도, 너 같은 놈들에게 줄 것 같은가?"

"너에게는 선택의 여지가 없어. 그 질긴 목숨을 부지하고 싶으면, 그것을 내놔야겠지."

탐욕에 젖은 미소를 띠운 노인은 당연히 그것을 자신이 가질 거라고 믿어 의심치 않는 얼굴이었다.

하지만 아스란은 키득거리며 웃다가 발을 굴렀다.

쾅!

아스란이 발을 구르자 다리에서 올라온 마나가 광폭하게 움직이더니 그의 몸을 감싸고 있던 로브를 갈기갈기 찢어서 허공에 날렸다.

그 모습에 세 남자는 움찔하며 혹시나 아스란이 공격할 것을 대비했다.

아무리 이빨 뽑힌 호랑이라고 하더라도, 상대는 대륙에서 유일한 8서클 마법사이자 용언 마법을 인간이 사용하도록 재구성한 절대자다. 어떤 수를 감추고 있는지 알 수 없었다.

로브가 찢어지고 나타난 아스란의 전신에는 복잡하고 기이한 문신이 가득했다.

아스란을 바라보는 노인은 경악하며 눈이 커다랗게 변했다.

"마… 법진? 어떻게 몸에 마법진을 그려놓은 것이냐!"

"사람에게는 최후의 한 수라는 것이 있는 법이니 놀랄 것도 없지. 자, 내 마지막 한 수를 봐라."

아스란은 전신에 마나를 돌리며 몸에 새겨진 마법진에 마나를 주입했다. 마나가 주입되며 활성된 마법진은 서서히 서

광을 뿜어내기 시작했다.

"모두 조심하시오! 마지막 발악을 할 모양이오!"

노인이 소리쳤지만, 쓸데없는 말이었다. 상대가 누군지 확실히 알기에 이미 대비하며 아스란의 마지막 수를 막을 준비를 하고 있었으니 말이다.

아스란은 그들을 바라보며 피식 웃어 보이고는 몸을 숙여 바닥에 한 손을 짚었다.

그러자 그의 몸에 새겨진 마법진이 살아 있는 것처럼 움직이더니 팔을 타고 땅에 쫙악 펴졌다.

그의 몸에서 이동한 마법진의 규모는 대단히 커서 세 사람이 있는 곳까지 늘어났다. 행여나 세 사람은 그 범위에 들어갈까 서둘러 뒤로 물러섰다.

몸을 피하던 노인은 바닥에 만들어진 마법진을 보며 믿을 수 없었다. 그의 눈이 찢어질 듯 커졌다.

"9··· 9서클!"

"9서클? 설마 9서클 마법을 만들었다는 말인가?"

"말··· 도 안 돼······."

인간의 한계가 8서클로 정해진 지금, 9서클 이상의 마법은 인간의 몸으로 감당할 수 없다는 것이 정설이고 상식이었다.

하지만 지금 아스란이 펼친 마법진은 장담하건대 9서클이었다.

"이게 내 마지막 수다!"

아스란의 목소리가 시동어라도 되듯, 마법진에서 찬란한 광채가 일어나며 눈을 뜨지도 못하도록 만들었다.

"피… 피해!"

"우와악!"

"도망쳐라!"

세 사람은 역사상 최초로 발현되는 9서클 마법의 범위에서 벗어나기 위해 미친 듯이 달려갔다.

그들이 달리기 시작하자 마법진에도 변화가 일어났다.

미약한 미풍이 불다가 점점 바람의 세기가 강해지더니 마침내 엄청난 바람이 마법진을 중심으로 소용돌이치기 시작했다.

"어! 어어!"

마법진에서 멀어지던 노인은 등 뒤에 마법진이 자신을 끌어당긴다고 느꼈다.

자신의 걸음을 잡는 수준이었던 인력(引力)은 점점 걷잡을 수 없이 커지더니 이제는 단 한 걸음도 움직일 수 없을 정도였다.

노인만이 아니었다. 기사 복장의 두 노인도 버티기 힘든지 검을 땅에 박아가며 저항하고 있었다.

"크으으… 픽스(Fix)!"

검이 없는 노인은 물체를 뿌리 내린 것처럼 고정시키는 마법을 사용했다.

하지만 마법은 아주 잠시만 지속되었을 뿐, 햇살에 안개가 사라지듯 스르륵 사라져 갔다.

그 짧은 시간에 끌어당기는 힘이 두 배로 늘어났다. 이제는 사람이 버틸 수 있는 수준이 아니었다.

신기한 것은 주변의 나무들이 가지가 부러지도록 흔들리고 있으면서도 뿌리가 뽑히는 나무는 하나도 없다는 사실이다.

세 사람이 버티는 힘은 나무에 비할 바가 아니다. 그런데도 나무는 가지만 흔들 뿐이고, 그들은 끌려가기 직전이었다.

"으아아악!"

땅에 검을 박고 있던 노인 중 한 명이 땅에 박혀 있던 검이 뽑히며 끌려가 버렸다.

남은 두 사람이 마법진을 향해 날아가는 노인을 바라봤다.

마법진에 부딪친 노인은 뼈와 살이 분해되며 먼지로 사라져 버렸다. 그렇게 뼈와 살이 발라지는 동안에도 목숨이 끊어지지 않았는지, 마지막까지 발버둥치는 모습이 더욱 끔찍하게 다가왔다.

로브를 입은 노인은 그 끔찍한 모습에 마른침을 삼키며 끌려가지 않기 위해 애썼다. 그는 사라지는 픽스 마법을 유지하기 위하여 마법을 중첩해 계속 사용했다.

"아… 안 돼! 사, 살려주시오!"

자신의 검이 땅에서 뽑히자 기사 차림의 노인이 로브를 입은 노일을 절규하듯 부르짖었으나, 그는 냉정하게 고개를 돌렸다.

그를 구하기 위해서 자신의 목숨을 버릴 수는 없는 일 아닌가.

"으으… 으아아아!"

결국 다른 한 노인도 마법진을 향해 끌려가 버렸다.

홀로 남은 노인이 입술이 터져라 깨물며 마법을 계속 사용했다.

하지만 픽스 마법이 사라지는 시간이 더더욱 짧아져 갔다.

노인은 자신이 어떻게 할 것인지 순간적으로 계산하고 마음속으로 정했다.

마침내 노인의 몸이 둥실 떠오르더니 마법진을 향해 쏜살같이 끌려가기 시작했다.

노인은 마법진을 찢을 듯 커진 눈으로 바라보며 준비한 마법을 사용했다.

"에… 엘리멘탈 실드(Elemental Shield)!"

7서클에 해당하는 방어 마법이 펼쳐지자 무지갯빛의 막이 노인의 전신을 감싸 마법진 안으로 들어가 버렸다.

그리고 잠시 시간이 지나자 바람이 잦아들기 시작하고, 방금 전의 일이 마치 꿈인 것처럼 가라앉았다.

무려 9서클 마법진이 사용했다는 흔적이 남은 것은 주위의 과도한 마력을 흡수했기에 바짝 말라 버린 나무뿐, 다른 거대한 폭음이나 특별한 현상이 나타나지 않았다.

"서… 성공이다……."

희미하게 웃으며 힘겹게 말한 아스란의 입에서 굵은 선혈이 울컥 쏟아지고, 힘을 잃은 그의 몸은 그대로 땅에 널브러졌다.

정상적인 몸일 때 마법진을 이용해서 겨우 펼칠 수 있고 그럼에도 거의 한 달을 누워 있을 만큼 몸을 상하게 하는 마법이다.

9서클 마법은 인간의 연약한 몸이 견딜 수 있는 그런 성질의 것이 아니었다.

이 마법을 사용하면서 자신이 살아날 것이라고 기대도 하지 않았다. 단지 어차피 죽는다면 이 음모를 만든 놈들을 모두 죽이고, 스스로의 선택에 따라 죽고 싶었을 뿐이다.

아스란은 죽음이 드리워진 눈으로 주변을 둘러봤다.

절대자 세 명이 죽은 자리치고 꽤 양호한 주변 상황.

세 노인이 사라진 것을 제외하고 달라진 것은 거의 없었다.

'역시… 모두 죽일 수 있었구나…….'

아스란은 철구를 들고 있던 손을 바라보며 생각했다. 그의 손에 있던 철구가 어느 틈엔가 사라져 있었다.

궁극의 9서클 차원 이동 마법.

이 마법에 의해서 철구는 그 누구도 알지 못하는 그 어딘가로 날아갔다.

무시무시한 기운을 뽑아내고 두 명의 마스터급 기사와 7서클 마법사를 삼킨 마법이 공격 마법이 아닌 차원 이동 마법이라는 사실이 조금 어이없기는 하다.

단지 차원 이동 마법이기는 하나, 그 여파가 8서클 공격 마법보다 더 무서운 힘을 발했다. 마법을 만든 아스란도 의도하지 않은 부분이었다.

하지만 뭐 어떤가. 그 마법으로 자신의 모든 유산이라고 할 수 있는 철구는 어딘가로 보냈고, 자신을 이 지경까지 오게 만든 주구들을 모두 죽였으니 상관없었다.

'후후… 과연 누가 내 모든 것을 얻을 것인지 궁금하군.'

툴툴대며 웃던 아스란은 서서히 가빠지는 마지막 숨을 내쉬며 그것을 얻는 사람이 제발 자신의 바람대로 그 누구도 밟지 못한 경지를 밟길 기도했다.

그가 바라는 것은 단지 그것뿐이었다.

그리고 아스란의 숨은 조용히 약해져 갔다.

CHAPTER
01

다시 살아나다

ALCHEMIST

"흐읍… 흐읍……."

창준은 입에 물린 재갈 사이로 숨이 목에서 깔딱거리도록 미친 듯이 산을 달렸다.

한치 앞도 보이지 않는 산속을 달리자 나무의 잔가지에 긁혀 얼굴 여기저기에 상처가 남았다.

평소라면 이런 작은 상처에도 멈춰 상처를 봤을 창준이지만, 지금은 그렇게 할 수 없었다.

지금 여기서 멈추면 그는 죽은 목숨이라고 할 수 있으니까.

"멈춰, 이 개새끼야!"

"저 씨발 놈!"

뒤에서는 덩치 좋은 네 명이 무서운 속도로 쫓아오고 있었다.

'씨발… 팔이라도 안 묶였으면…….'

뒤로 묶인 팔이 불편하고 균형도 안 잡혀 창준이 달리는 속도는 그다지 빠르지 않았다.

조금씩 거리를 좁히며 쫓아오는 네 사람의 얼굴에는 진득한 살기가 묻어나왔다.

결국 독기를 품고 쫓아오는 네 사람에게 창준이 잡힌 것은 그리 오래 걸리지 않았다.

퍽!

"이 개자식, 당장 죽여 버리겠어!"

쫓아오던 사람 중에 하나는 품에서 시퍼런 사시미를 꺼내 당장에라도 찌를 것처럼 창준의 눈앞에서 흔들었다.

"야, 괜히 흔적 남기지 말고 빨리 데리고 가자"

다른 사내의 말에 사시미를 흔들던 남자는 결국 사시미를 품에 넣고는 창준의 팔을 잡고 일으켜 세우더니 질질 끌고 갔다.

'왜… 왜 이렇게 된 거야! 내가 어쩌다가…….'

입에 물린 재갈 때문에 소리치지도 못하는 창준은 눈물을 줄줄 흘렸다.

몇 년 전, 창준은 고등학교를 졸업하자마자 군대에 자원입대했다.

그렇다고 그가 대학은 생각도 안 하고 군대에 입대할 정도로 공부를 그렇게 못했던 것은 아니었지만, 대학 갈 돈이 부족했다.

창준의 집은 아버지가 교통사고로 돌아가시고 난 이후로 부유하게 살지 못했다.

비록 아버지가 생전에 남겨두신 돈과 교통사고로 인하여 나온 보험금이 있었으나, 어머니와 창준, 여동생 은미까지 살아가기에는 턱없이 부족한 돈이었다.

아버지가 돌아가신 이후로 잠시 넋이 나갔던 어머니는 어느 날 정신을 차리고 집안의 가장 역할을 도맡았다.

원래 몸이 허약하기에 평소 힘든 일을 하지 못하던 어머니지만, 자신을 바라보는 창준과 은미를 보며 가만히 있을 수 없었던 것이다.

어머니는 가진 돈으로 아파트로 이사했고, 힘들게 보험 일을 하면서 생활비를 벌어 두 아이를 키웠다.

이런 사정을 빤히 아는 창준은 대학을 가겠다는 말을 할 수 없었다.

그래서 자신은 빨리 군대를 다녀오고, 대학은 동생인 은미를 보내려고 했다. 은미는 평범한 성적인 자신과 다르게 학교에서 수재로 꼽히는 우등생이었기 때문이었다.

멀리 보지 못하고 내린 결정일지 모르지만, 조금이라도 빨리 사회에 나가 일해서 돈을 벌고 싶다는 마음이 강했다. 애초에 공부에 큰 뜻이 없었으니, 시간과 돈을 낭비하는 것보다 기술을 배우는 것이 더 이득이라는 생각에서였다.

처음에는 간곡히 창준을 말리던 어머니였으나, 이내 그의 고집을 꺾지 못하고 군대를 보내게 되었다.

군대를 전역하고 나온 창준은 기술학교에 갈 돈을 직접 벌기 위해서 아르바이트 일을 찾다가 청천벽력 같은 소식을 듣게 되었다.

아버지를 대신해서 자신과 은미를 키운 어머니가 췌장암에 걸렸다는 것이었다.

이미 3기를 지나서 생존율이 8퍼센트밖에 되지 않고, 완치하기가 어렵다는 의사의 말에도 창준과 은미는 포기할 수 없었다. 자신들을 이렇게 힘들게 고생하며 길러주신 어머니를 그렇게 보낼 수 없었으니까.

창준은 어머니가 은미를 대학 보내기 위해서 모았던 돈을 모두 치료비에 사용하고, 집도 팔아서 월세 방으로 이사를 갔다.

어머니가 어렵게 모았던 돈과 아버지가 남긴 돈마저 모두 치료비로 들어갔지만, 치료는 여전히 제자리걸음이었다.

결국, 창준은 마침내 해서는 안 될 짓까지 저지르고 말았다. 어머니의 병원비를 내기 위해 사채까지 끌어다 써버린 것이다.

그러다가 사채를 갚을 능력이 되지 않자 도주하는 잘못된 판단을 하기에 이르렀다.

그리고 이것이 창준이 산에 묶여 있는 이유였다.

팍! 팍!

삽으로 땅을 찍을 때마다 소리가 들렸다.

평소에는 아무런 의미도 없던 소리였건만, 지금 들리는 소리는 마치 장송곡처럼 창준의 정신이 혼미하도록 만들었다.

"휴! 형님, 다 팠습니다!"

삽질을 하던 두 사람이 구덩이에서 나왔다.

두 사내가 나온 구덩이는 사람보다 조금 큰 크기에 깊이는 어른 가슴 높이였다. 깊이가 상당해 구덩이에 있는 두 사내도 다른 동료가 손을 잡아줘서야 빠져 나올 수 있었다.

네 명의 사내와 떨어져 그것을 지켜보던 은색 정장을 입은 남자가 말했다.

"재갈 풀어줘라"

창준은 재갈이 풀리자마자 소리쳤다.

"사, 살려주세요! 잘못했습니다, 제발… 제발……."

"개새끼가 형님이 말씀하시지도 않았는데!"

퍽!

사내 중에 하나가 창준의 턱을 걸어찼다.

엄청난 통증이 느껴지고, 입에서 피가 흘렀다.

"으으윽……."

"새끼야, 잘못했으면 벌을 받는 것이 인지상정 아니겠냐? 닥치고 형님 말씀이나 들어!"

싸늘하게 말하는 사내의 말에 창준은 아무런 말도 하지 못하고, 부들부들 떨었다.

정장을 입은 남자는 입에 담배를 물고는 벌레처럼 기고 있는 창준에게 다가와 쭈그려 앉았다.

"너 배짱 좋더라. 감히 내 돈을 빌려 써놓고 도망갈 것이라고 생각을 못했거든. 아마도 내가 요즘 좀 착하게 살아서 이제는 내 이름도 별로 안 먹히나 봐"

"으으… 잘못……."

"이 새끼가!"

창준이 입을 열기가 무섭게 사내 중 하나가 그의 배를 걸어 찼다.

퍽!

"크억!"

"야, 먼지 나니까 기다려 봐"

"죄송합니다, 형님"

정장 입은 사내가 품에서 손수건을 꺼내 피와 땀이 흙과 뭉쳐서 범벅인 창준의 얼굴을 닦았다.

꽤 부드러운 손길이었지만, 창준은 그것마저도 무서울 뿐이다. 마음속으로는 아무리 힘들어도 이런 무서운 놈들의 돈까지 손을 댄 자신이 무한정 미울 뿐이다.

"혼자 이런 일을 벌였을 리는 없고, 누가 시켰냐?"

"…네……?"

"미치지 않고서 내 돈을 그만큼이나 빌려놓고 도망칠 리가 없잖아. 누가 떼먹고 도망치라고 했을 테니 이런 짓을 벌였을 것 아니야. 누가 시킨 짓이냐고. 네 대답 여하에 따라서 살려 줄 수도 있으니까 잘 생각해 봐"

간혹 경쟁업체에서 상대에게 손해를 끼치기 위해 여러 가지 수작을 부리곤 한다. 정장 입은 사내는 창준이 그런 작업을 하기 위해 들어온 사람인지 확인하려는 것이다.

"으으……"

"이렇게 의리를 지키면서 죽어봤자 개죽음일 뿐이다. 누가 시켰어? 장 사장? 백무언 그 새끼야?"

창준은 뭐라고 말을 해야 할지 몰랐다.

누가 시켜서 이런 짓을 벌인 것이 아닌데, 누구를 말하라는 말인가?

하지만 그렇게 말할 수 없었다.

그렇게 말하는 순간, 이들은 망설임없이 자신을 땅에 묻어 버릴 것 같았기 때문이었다.

순간적이지만, 많이 고민하던 창준이 입을 열었다.

"배… 백무언입니다."

나름대로 고심해서 한 대답이었다.

장 사장이라고 말하는 것을 들었을 때는 뭔가 조금 어려워하는 눈치였는데, 백무언을 말하면서는 반응이 약간 달랐기 때문이었다.

창준의 대답을 들은 정장 입은 사내의 얼굴이 묘하게 변하더니 크게 웃었다.

"으하하하! 야, 무언아. 네가 시켰단다."

"이런 개새끼가, 감히 누구를 팔아먹어!"

덩치 좋은 사내 중에 하나가 달려와 창준을 발로 찼다.

어차피 처음부터 두 사람 모두 거짓이었다. 정장 입은 사내는 정말 누가 시켜서 한 것인지, 아니면 창준 혼자 벌인 일인지 확인하려고 아무 이름이나 말한 것이었다.

한참을 얻어맞은 창준은 피투성이가 되어 꿈틀거렸다.

"갚을… 게요. 살려주… 세요."

창준의 말을 들은 정장 입은 사내는 비릿하게 웃었다.

"원래 우리가 돈을 받지 않고 이렇게 당사자를 담가 버리는 경우는 거의 없어. 그런데 왜 너에게만 이러는지 알아? 그건 네가 돈을 갚는 것을 기다리느니, 다른 방법을 사용하는 게 더 빠르고 이득이라고 생각하기 때문이야."

"으으……."

"그래도 내가 양심은 있거든. 그래서 네 장기를 들어내지 않아 줬다. 고맙지?"

정장 입은 사내는 다시 담배를 하나 입에 물고는 짧게 말했다.

"묻어."

"네, 형님!"

사내 중 하나가 발로 툭 밀자, 구덩이 바로 옆에 널브러져 있던 창준이 구덩이에 떨어졌다. 그리고 그의 위로 사내 둘이 팠었던 흙을 다시 부어넣고 있었다.

"으으… 은미야… 어머니……."

창준의 눈에서 눈물이 흘렀다.

그것을 보던 정장 입은 사내가 입을 열었다.

"아참! 다른 방법이라는 게 뭔지 궁금하지? 그 병원비로 사용된 돈은 네 동생이 갚을 거야. 몸으로 말이야. 원래 네놈 장기를 팔아먹으려고 했는데, 아까 데리고 왔던 네 동생이 너랑 안 닮게 정말 예쁘더라. 돈 좀 벌 것 같아. 그래서 그냥 너는 편하게 보내주는 거다."

"은미야……."

"그리고 병원에 있는 그 늙은 아줌마는 편히 하늘나라로 보내 드렸으니까 걱정하지 말고 가서 만나"

"어머니… 흐허형……."

창준은 이내 통곡을 했다.

하지만 그 울음소리도 얼마 지나지 않아 흙에 덮여 들리지 않았다.

흙을 모두 묻어버린 그들은 주변을 정리하고 천천히 산을 내려가기 시작했다.

그런데 그때, 하늘에서 무언가 떨어져 내렸다.

주변을 환하게 밝히는 유성이 그들이 방금 내려온 그곳에 떨어지는 것이 아닌가.

콰아앙!

땅이 지진이 난 것처럼 흔들렸고, 나무는 모두 유성이 떨어진 곳과 반대 방향으로 쓰러져 버렸다.

폭발음과 불빛을 본 사내들이 혹시나 창준이 매장한 곳이 이 서슬에 파헤쳐졌을까 봐 달려가 보니, 어이없게도 유성은 창준이 묻혀 있던 곳에 떨어진 것이 아닌가.

유성이 떨어진 여파로 그곳은 크레이터가 생겨났는데, 그 아래에 있어야 할 창준은 시체까지 타버렸는지 보이지 않았다.

＊　　　＊　　　＊

대마법사라는 칭호를 얻고, 나는 세상의 모든 일에서 물러나 비밀거처에서 연구만 했다.

나에게는 꿈이 있었다.

바로 마법 역사에 내 이름을 남기는 것이다.

물론 대마법사의 칭호를 얻었기에 내 이름은 마법 역사에 오래도록 남을 것이다. 하지만 그것이 끝이다.

최초의 마법사라는 '클라드 데 오펜하임'처럼 영원히 전해질 이름이 아니기에 시간이 지나면 잊힐 것이다. 그건 내 자존심이 용납할 수 없는 일이다.

연구를 하면서 끊임없는 좌절을 겪었지만, 결국 하나의 성과를 보았다.

드래곤이 사용하는 용언 마법.

마법사들이 마법을 발동시키기 위해서 필연적으로 영창해야 하는 룬어가 필요 없고, 주변의 마나를 사용할 필요도 없이 드래곤 하트에 있는 마나를 사용하는 최강의 마법, 이것이 용언 마법이다.

나는 이것을 인간들도 사용할 수 있도록 아주 오랜 시간 동안 연구를 거듭했다.

그리고 드디어 결실을 보았다. 인간이 용언 마법을 사용하는 것처럼 마법을 사용하기 위해 완전히 새로운 체계의 마법을 만들었고, 연금술과 마법을 결합한 '연금마법진' 이라는 새로운 학문도 만들었다.

아마도 대마법사에 오르면서 시간에 구애받지 않을 정도로 생이 연장되지 않았으면 이 결실을 볼 수 없었을 것이다.

마법을 완성한 나는 일단 내가 가지고 있던 모든 마법을 포기하고 새로운 마법을 몸에 적용하기 시작했다. 그뿐 아니라, 이 새로운 마법으로 발현할 수 있도록 1서클 마법부터 새롭게 재정립해 나갔다.

그런데 어떻게 알았는지 이런 사실이 밖으로 알려지게 되면서 상황은 내가 원하지 않는 방향으로 전개되었다.

기존 마법 체계를 익힌 마법사들은 내가 새롭게 만든 마법 체계가 더욱 대단하다는 것을 알면서도, 자신의 이익 기반과 위치를 잃지 않기 위해서 오히려 나를 죽이려 했다.

내가 원한 것은 그들이 말하는 것처럼 세계를 정복하는 것도 아니었고, 마왕을 강림하기 위해서도 아니었다.

어쩔 수 없이 나를 공격하는 그들을 모두 죽일 수밖에 없었고, 나의 손은 점점 피로 물들어갔다.

나는 고민에 빠졌다.

아마 이대로 가면 나는 역사상 최악의 마법사로 불리게 될 것이다.

그렇다면 나는 그 오명을 받아들이고 그들이 말했던 것처럼 세상을 정복해야 하는 것인가, 아니면 모든 것을 포기하고 그들 손에 죽어야 할 것인가.

결론은 쉽게 났다.

나는 절대로 그냥 죽을 수는 없었다. 특히 저 더러운 무리에게는 절대로.

그래서 그들이 말했던 것처럼 이제 세상을 상대로 전쟁을 할 것이다. 내가 죽을 것인지, 아니면 그들이 말한 것처럼 정복을 하게 될 것인지 나도 모른다.

확실한 것 하나는, 이 연구 성과를 그냥 버릴 수 없다는 것이다.

그렇다고 그냥 놔두면 저 탐욕스러운 놈들이 얻을 것이다.

그건 대단히 끔찍한 일이다.

어차피 이곳에서는 인정받지 못하는 마법을 이곳에 남길 이유가 없다고 생각했기에 결심했다.

나는 최후를 맞이할 순간이 오면 이것을 다른 세상으로 보낼 것이다.

차원 이동 마법은 일반 마법으로는 꿈도 꾸지 못할 정도지만, 내가 만든 마법과 연금마법진이라면 가능했다.

누군가 이것을 얻으면 진정한 마법이 어떤 것인지 보여줄 것이라 믿는다.

이것을 얻은 사람은 바로 내 마법을 익히기 좋은 신체로 바뀔 것이고, 몸에는 3서클의 마나가 생길 것이며, 누가 이것을 얻을지는 모르기 때문에 공용어로 번역이 되도록 마법을 걸었…….

* * *

"오빠, 일어나!"

"으음……."

동생 은미의 목소리가 들렸지만, 창준은 노곤함에 눈을 뜨기 싫었다.

하지만 그것도 잠시, 눈을 번쩍 뜬 창준이 자리에서 벌떡 일어나 사방을 둘러봤다.

"헉… 헉……."

눈에 익은 방.

침대도 없이 매트리스만 깔려 있고, 책상도 컴퓨터도 없는 자신의 방이다. 한쪽에는 장롱도 없이 행거에 몇 없는 자신의 옷이 걸려 있다.

꿀꺽!

분명히 자신은 땅에 묻혔었다. 그리고 엄청난 충격이 온몸을 덮쳤다고 생각한 순간, 알 수 없는 하얀 공간에서 노인의 목소리를 들었다. 그리고 자신에게 철판으로 만들어진 자그만 동그란 구슬을 받았었다.

창준은 자신의 손을 봤다.

손에는 주먹만 한 신비로운 보랏빛 철판으로 만들어진 구슬을 쥐고 있었다.

"일리미트 비블리어시카(Illimite bibliotheca)……."

알 수 없는 무언가가 알려준 이것의 이름.

우리나라 말로 하자면, 무한의 지식보고라고 할 수 있다.

손에 들고 있음에도 그 무게가 거의 느껴지지 않는 것이 자신이 꿨던 꿈 자체가 거짓이 아님을 말하는 것 같았다.

철공을 눈앞으로 가져온 창준은 믿을 수 없었다.

'꿈이… 야? 그게 꿈?'

아니다. 그것은 꿈이 아니라고 자신의 손에 들린 이 철공, 일리미트 비블리어시카가 말해주고 있었다.

"날짜!"

오늘이 그가 알던 어제의 연장이 아니란 것은 알 수 있다.

어제 꿈에서는 분명 여름이었는데, 지금은 서늘하게 느껴지는 것이 절대 여름이 아니었으니까.

서둘러 알람용으로 구입한 탁상용 전자시계를 보자 날짜가 보였다.

"2012년 3월… 이게 뭐야……."

그가 알던 날짜는 2015년 9월이었다.

"오빠!"

이해가 되지 않아 멍하니 서 있던 창준은 갑자기 방문이 열리자 화들짝 놀라며 하마터면 일리미트 비블리어시카를 떨어 뜨릴 뻔했다.

"까, 깜짝이야!"

"뭐해? 일어났으면 빨리 나와서 밥 먹어. 나도 이제 학교 가야 된단 말이야"

"어… 엄마는?"

"당연히 출근하셨지. 오빠도 군대도 갔다 왔으니 일 구한 다고 아침 일찍 나간다고 했잖아. 그러니까 빨리 나와서 밥 먹어."

"나, 나는 나중에 먹을게"

"설거지하고 학교 가야 된단 말이야. 놔두면 나중에 냄새 나"

"설거지도 내가 할 테니까, 너는 빨리 학교나 가라"

"정말? 알았어, 그리고 청소도 해놔! 나갔다 올게"

은미는 창준이 설거지를 한다는 말에 청소까지 냉큼 맡기 고는 아파트 문을 열고 밖으로 나갔다.

혼자 남은 창준은 생각을 정리할 필요가 있었다.

다시 방으로 돌아온 창준은 일리미트 비블리어시카를 내 려놓고 그것을 뚫어져라 바라봤다.

죽음을 앞에 뒀던 상황에서 이렇게 과거로 돌아온 것 역시 일리미트 비블리어시카를 얻으면서 생긴 일 때문이라 생각됐다. 그게 아니라면 현실적으로 이런 일이 일어날 리가 없으니까.

창준은 뚫어져라 일리미트 비블리어시카를 바라보며 이런 저런 생각을 했다.

'이게 말이 되는 일이야? 과거로 돌아오다니. 그리고 마법이 어째? 허… 야, 정신 차려, 창준아. 너 스물여섯 살이거든. 이런 망상을 하고 있을 때가 아니라고. 아니… 3년 전이니까 스물세 살인가?'

스스로 이랬다 저랬다 생각하던 창준은 일리미트 비블리어시카를 향해 두 손을 펼쳤다.

'확인할 방법은 하나뿐이잖아. 어차피 아무도 없으니까 쪽 팔릴 일도 없지.'

마음을 정한 창준이 조심스럽게 입을 열었다.

"일리미트 비블리어시카 오픈"

파아아악!

"허어억!"

갑자기 일리미트 비블리어시카에서 빛이 쏟아지자 깜짝 놀란 창준이 뒤로 넘어졌다.

'꾸… 꿈이 아니구나!'

일리미트 비블리어시카는 눈을 뜨기도 어려운 강렬한 빛을 쏟아내다가 철구를 이루고 있는 작은 철판들이 움직이며

문이 열린 것처럼 입구를 열었다.

그리고 쏟아지던 빛이 점점 사그라지자 창준은 겨우 눈을 뜰 수 있었다.

눈을 뜬 창준은 멍하니 일리미트 비블리어시카를 바라봤다.

철구 모양에서 구멍이 뚫린 것처럼 변한 일리미트 비블리어시카는 구멍 난 곳에서 은은한 빛이 나오고 있었는데, 그 빛은 허공에 홀로그램(Hologram)처럼 떠다니는 커다란 반딧불 같은 것을 두 개 만들었다.

멍하니 앉아서 하늘거리며 아름답게 떠다니는 불빛을 보던 창준은 자리에서 일어나 그 불빛들에 다가갔다.

두 개의 불빛은 붉은색과 파란색으로 색이 나눠져 있었다.

창준은 잠시 고민하다가 붉은 불빛에 손을 가져다댔다. 그러자 붉은 불빛이 한 번 일렁이더니 넓게 확장되며 마치 거대한 서고와 같은 영상을 보여줬다.

멍하니 그것을 보는 창준이 책 하나를 손가락으로 가리키자 그 책이 뽑혀 나오더니 눈앞에 펼쳐졌다.

전혀 알 수 없는 글자였는데, 신기하게 그 글자의 의미가 정확하게 머릿속으로 박혀들었다.

—마나라는 것은 세계를 구성하는 물질로, 마나가 없는 공

간은 없으며…….

머릿속에 화인처럼 새겨지는 느낌은 고통스럽지 않고 마치 간지러운 데를 긁어주는 듯한 기분이 들었다.

그 느낌은 대단히 기분 좋아서 이것을 계속 느끼고 싶은 중독마저 느껴졌다.

창준은 그 느낌을 거부하지 않았다. 아니, 거부할 수 없었다. 말로만 듣던 중독된다는 것이 이런 것이 아닌가 하는 느낌이 들었다.

첫 번째 책이 머릿속에 모두 각인되자 창준의 손가락이 저절로 다음 권의 책을 선택했고, 책은 창준에게 다가와 펼쳐졌다.

그렇게 얼마나 시간이 지난지도 모르고 책을 보는 창준은 아홉 권의 책을 보고 다음 책을 선택하기 위해 손가락을 가져가고 있었다.

철컹!

"오빠, 나왔어!"

밖에서 들려온 은미의 목소리에 깜짝 놀라 정신을 차리고 일리미트 비블리어시카를 향해 서둘러 말했다.

"일리미트 비블리어시카 클로즈."

창준의 말을 따라 쏟아내던 빛을 거둬들인 일리미트 비블리어시카는 지금까지 보여주던 신비한 모습은 어디로 갔는지, 이제는 그저 특이하게 생긴 철공으로 변했다.

그리고 그의 머릿속에는 아홉 권의 책에 있던 내용이 뚜렷하게 남아 있다.

단 한 번 읽었을 뿐인데 머리에 각인이 되었기 때문인지, 마치 구구단을 외우고 있는 것처럼 자세히 기억난다.

"아앗! 오빠, 이거 뭐야!"

문 밖에서 들린 은미의 놀란 목소리에 괜히 당황하며 서둘러 문 밖으로 나가자 은미가 식탁과 설거지 거리를 손가락질하고 있었다.

"뭐, 뭔데? 왜 그래?"

"오빠, 아침부터 지금까지 아무것도 안 먹은 거야?"

"밥? 아……."

은미가 학교에서 돌아온 것을 보니 책을 읽는 사이에 하루가 다 지나간 모양이었다.

책이 머리에 각인되는 느낌이 너무 좋아 시간 가는 것을 인지하지도 못했다.

꼬르륵!

이제야 몸이 배고프다는 신호를 보냈다.

하루 종일 밖에 꺼내져 있어서 많이 말라 버린 식사지만,

밥을 하나도 먹지 못했기에 입에서 군침까지 흐른다.

"하루 종일 잠만 잔 거야?"

"아니, 그런 건 아니고 좀 할 게 있어서 전혀 생각하지 못했어. 지금이라도 먹지, 뭐"

갑자기 치밀어 오르는 식욕에 서둘러 식탁에 앉아서 밥을 먹으려고 하자 은미가 막았다.

"기다려. 아무리 배가 고파도 이렇게 된 밥을 먹게 둘 수는 없잖아. 다시 차려줄게."

그러고는 옷도 갈아입지 않고 가방만 두고 나와서 밥을 준비하기 시작한다.

그때 문이 열리며 명숙이 들어왔다.

"다녀왔다."

"다녀오셨어요!"

음식을 준비하던 은미가 고개를 돌려 들어오는 명숙을 보고 인사를 했다.

창준은 일어나서 멍하니 명숙을 바라봤다.

2년이 넘는 시간 동안 치료를 하면서 어머니가 점점 말라가는 모습을 봤었다. 보고만 있어도 눈물이 왈칵 쏟아질 만큼 안타까운 모습이었다.

다시 이렇게 건강하게 돌아다니시는 모습을 못 보는 것은 아닌가 생각했었는데, 지금 그의 눈앞에 너무나 건강한 모습으로 어머니가 서 있다.

"다녀… 오셨어요."

창준은 최대한 자신의 감정을 숨기면서 인사를 했다.

"그래. 너도 오늘 잘 지냈지?"

"네……."

창준의 감정을 모르는 명숙은 은미를 보며 물었다.

"저녁 준비하니?"

"아니, 오빠 밥 준비하고 있어. 엄마, 오빠 오늘 하루 종일 방에만 있었나 봐"

"오빠가 할 일이 있으니까 그랬겠지."

마치 흉이라도 보는 것처럼 은미가 말했지만, 명숙은 미소를 지으며 창준의 편을 들어줬다.

대학 진학을 포기하고 군대를 갔을 때부터, 어머니는 창준의 편을 많이 들어줬다.

아마도 창준을 대학에 보내주지 못했던 미안함과, 동생을 위해서 희생한 것이 많은 영향을 줬을 것이라 생각했다.

다시 보지 못할 것이라 생각했던, 온 가족이 모여 따뜻한 시간을 보내는 지금은 그 무엇과도 바꿀 수 없었다.

식탁에 앉아서 동생이 음식을 준비하는 것을 보니 다시 눈물이 차오르려 했다.

이렇게 착하고 예쁜 동생이 쓸데없는 짓을 벌인 자신으로 인하여 정말 비참한 인생을 살게 된다고 생각하니 그런 짓을 저질렀던 자신이 너무나 미워진다.

'지금 이건 꿈인지, 현실인지 알 수가 없구나…….'

언젠가 그런 얘기를 들은 기억이 났다.

사람이 죽기 직전에는 뇌에서 엄청난 양의 엔도르핀이 나온다고 한다. 그리고 그 엔도르핀의 영향으로 큰 고통 없이 죽는다는 말이다.

정말 그것이 사실인지, 거짓인지는 아무도 모른다. 죽은 사람이 다시 살아나서 증명해 줄 수는 없는 일이니까.

'부디 바라건대… 이것이 사실이기를…….'

하지만 그는 알고 있다, 이 행복이 그리 오래가지 않을 것임을.

어머니는 이미 지금 암을 가지고 있다. 이제 몇 달 후 회사 정기건강검진을 통해서 나타날 것이다. 손쓰기 어렵다는 췌장암 3기로 말이다.

지금 이 상태에서 미리 암이 발견해 봤자 어차피 그가 할 수 있는 일은 없다. 그 힘들었던 시간을 다시 한 번 보내게 될 뿐이다.

'믿을 것은… 일리미트 비블리어시카라는 그것뿐이다.'

노인의 목소리가 그에게 말했던 것이 똑똑히 기억났다.

"…연금마법진을 이용하면 사람의 생로병사를 조절할 수 있을 것이며……."

그를 과거로 돌려보내고 이상한 것들을 보여주던 그 물건을 사용하면 어떤 일이 생길지 모른다. 하지만 그가 믿을 수 있는 것은 그것뿐이다.

저녁을 먹고 잠자기 전까지 가족과 보내던 창준은 잠잘 시간이 되어서 방으로 들어왔다.

혹시나 누가 들어올까 문도 잠갔다.

매트리스 위에 앉은 창준은 일리미트 비블리어시카를 앞에 두고 일단 아까 각인되었던 책 내용을 떠올렸다.

아홉 권의 책 내용은 다음과 같았다.

─마법의 역사와 기초

─마법의 종류와 기원

─마나의 이해

─마나 활용법

─효과적인 마나 사용 방법

─마법을 사용하기 위한 룬어 기초

─룬어 중급 과정

―룬어 고급 과정

―1서클 마법

머릿속에 각인된 책 내용을 하나라도 잊은 것이 있는지 상기해 보자, 눈앞에 책이라도 펼쳐 둔 것처럼 내용들이 떠오른다.

마법과 마나에 대한 탐구를 중심으로 한 이론 강좌가 대부분이었고, 그 마법을 사용하기 위한 룬어를 배우는 교재가 세 권, 마지막으로 실제로 사용할 수 있는 마법이 나왔다.

책에서 나온 내용에 따르면, 이 마법은 기초 중에 기초라고 할 수 있는 라이트 마법이었다.

단순히 빛을 만드는 마법으로 마나를 느낀 사람은 누구든지 사용할 수 있다고 했다.

하얀 공간에서 노인이 말했던 내용이 떠올랐다.

"몸에는 3서클의 마나가 생길 것이며, 마법의 기초라는 1서클 마법은 쉽게 사용할 수 있을 것이다. 그 이후는 네가 수련하기에 달렸다."

노인의 말에 따르면 이 마법을 지금 당장 사용할 수 있을 것이다.

하지만 마법을 사용하기 위해서는 선행해서 수련해야 할 내용이 있다.

바로 몸에 있는 마나를 자신의 의지대로 움직이는 것이다. 이것을 통과하지 못하면 마법을 사용하는 것은 불가능하다.

'좋아, 한번 해보자고.'

아직도 지금 자신의 상황이 믿기지 않는 창준은 반신반의하는 마음으로 제대로 앉아 눈을 감았다.

하얀 공간에서 들었던 노인의 목소리는 마법에 대해서 설명을 했었고, 책으로 읽은 내용에서도 마나에 대해서 자세히 기술하고 있었다.

원래 마법은 체내에 마나를 축적시키지 않는다.

마나라고 하는 것은 몸 한구석에 축적되는 기운이 아니기 때문에, 마법사가 마나를 사용하는 것은 주변에 있는 마나를 몸이라는 매개체를 통해서 약간의 가공을 통해 발현되는 것이다.

책에서 서술한 일반적인 마법사는 흔히 서클이란 개념을 통해 그들의 사이에서도 계급을 나눈다.

이 서클이라는 것은 심장에 가상의 고리를 만드는 것인데, 고리가 하나면 1서클이고 두 개면 2서클이 된다.

심장에 생성되는 고리는 일반적으로 마나가 모여 만들어지는 것이라고 알려져 있지만, 그것은 사실과 다르다. 이 고리는 간단하게 설명하면 마나라는 물질을 사용 가능한 형태로 만드는 마나 가공시설이라고 보면 된다.

예를 들자면, 땅에서 생성되는 원유를 바로 사용하는 것이 아니라, 정제해서 등유와 휘발유 등으로 바꾸는 것처럼 마나도 같은 방식이다.

한 번의 정제를 할 수 있는 1서클 마나는 그 성질이 투박하고, 뭉치려는 성질이 적으며 제어가 쉽지 않아 정교한 수식에 의한 대단한 위력의 마법을 사용하기에 적당하지 않다.

마나를 수차례에 걸쳐 정제하는 고서클 마법사, 6서클 이상의 마법사들은 이곳 기준으로 말하면 거의 물리법칙을 벗어난 수준의 마법을 사용한다.

이런 마나를 사용하는 방식을 획기적으로 변경한 사람이 바로 일리미트 비블리어시카를 만든 노인이었다.

노인은 마나를 가공하여 몸에 직접 심는 방식으로 마법을 사용하도록 기존 체계를 변경하고 새로운 체계를 만들었다.

마나를 몸에 담기 위해서 처음부터 가공하여 아랫배 쪽에 담는다. 그러면 마법을 발현하기 위한 심장의 서클은 필요가 없어진다. 그뿐 아니라, 세상의 법칙을 우회하기 위해 룬어라는 특수한 언어를 사용하는 방법, 즉 주문이라는 것 자체가 필요 없어진다.

그리고 더불어 기존 마법 체계는 한 서클을 더 만들기 위해

흔히 말하는 깨달음이 필요하지만, 노인이 만든 방식은 4서 클까지 그런 깨달음이 필요 없다.

단지 4서클이 되면 마나를 저장하는 공간이 꽉 차기에, 그 이상이 되기 위해서는 그에 걸맞은 정신 체계를 만들어야 한다.

노인은 창준에게 3서클에 해당하는 마나를 줬고, 그의 신체를 마법에 가장 적합한 신체로 바꿨다고 했다. 창준은 몸에 어떤 변화를 느끼지 못했으나, 노인의 말에 따르면 그렇다고 한다.

하지만 지금 창준에게 3서클에 해당하는 마나가 있다고 바로 3서클 마법을 사용할 수 있는 것은 아니었다.

새로운 마법 체계는 깨달음이 적은 대신, 하위 마법의 숙련도가 낮으면 상위 마법을 사용할 수 없다. 이것을 억지로 사용하려고 하면 그 반대급부로 충격이 사용자의 몸에 작렬한다.

창준이 서서히 몸에 있는 마나를 찾아 책에서 나온 방법을 사용하자, 아랫배에서 묵직한 것이 느껴졌다.

'이것이… 마나……?

아랫배에서 느껴지는 묵직한 마나를 창준이 책에 나온 방법대로 움직이자, 딱딱하게 굳어 바위 같던 마나가 갑자기 얼음이 물로 해동된 것처럼 화악 풀리며 전신 구석구석으로 퍼졌다.

그리고 전신으로 퍼진 마나는 그의 신체와 장기 하나하나를 어루만지더니 거대한 소용돌이처럼 그의 체내에서 회전했다.

이것은 거대한 환희로 창준에게 다가왔다.

머리에 책이 각인되며 느껴지던 것보다 더 느낌이 묘해지고 하늘을 날아다니는 기분이 되었다.

이렇게 몸 안에서 회전하던 마나는 이내 원래의 위치로 돌아왔다. 이제 마나는 창준의 몸이 자신의 거처라는 것을 인식한 것 같았다.

창준은 아랫배에 있는 마나 저장소에서 마나의 일부분을 손으로 보내며, 두 손은 앞으로 내밀고 손가락을 붙였다.

"라이트"

화악!

창준의 한마디에 주문 영창도 없이 손안에 주먹만 한 구형의 빛덩이가 생겨났다.

눈을 감고 있던 창준이 마법의 발현과 함께 눈을 뜨고 자신의 손안에 있는 광구(光球)를 보고 멍해졌다.

"진… 짜네."

손안에 있는 광구를 이리저리 보던 창준이 마나를 거둬들이자 광구가 사라졌다.

라이트 마법이 사라지며 방은 다시 어둠에 휩싸였다. 눈앞에 있던 밝은 광구가 사라지니, 아까보다 더욱 어두워진 느낌이다.

'이게 사실이라면… 그리고 진짜 마법이라면 어머니를 고칠 수 있는 마법도 있을 거야!'

막연히 생각했던 것이 점점 현실로 다가오자 창준의 얼굴에 희열이 떠올랐다.

그렇다면 이렇게 감동에 젖어 있을 시간이 없었다. 한시라도 빨리 그 방법을 찾아야 했다.

"일리미트 비블리어시카 오픈."

창준의 말에 일리미트 비블리어시카에서 빛이 흘러나오기 시작했다.

*　　　*　　　*

"오빠, 아직도 자는 거야?"

은미는 평소처럼 학교 가기 위해 준비를 마친 뒤 식사를 준비하고 창준의 방을 향해 소리쳤다.

"일어났어."

"밥 차려놨으니까 먹고 치워. 나 학교 늦어서 빨리 가봐야 돼."

"응"

"어제처럼 계속 자면 다음부터 밥 안 차려 줄 거야"

"알았으니까 학교나 빨리 가라."

은미는 방에서 들리는 창준의 말을 듣고 학교에 가기 위해서 나갔다.

잠시 시간이 지나고 방에서 창준이 눈을 비비며 밖으로 나왔다.

창준이 눈을 비비는 것은 방금 일어났기 때문이 아니었다. 어제부터 한숨도 안 자고 책을 읽었기에 피곤해서 그런 것이다.

원래 이렇게까지 할 생각은 없었는데, 정신을 차리고 보니 아침이었다.

식탁에 앉아 은미가 차려놓은 밥을 먹으면서 어젯밤부터 읽은 책에 대해서 생각을 했다.

밤새 창준이 읽은 책은 이십 가지가 넘었다.

어제 책이 머리에 각인되면서는 받아들인다는 마음보다 억지로 새겨진다는 의미가 더 강했는데, 이렇게 창준이 스스로 의욕을 보이자 그 속도가 두 배는 빨라진 것이다.

'2서클 마법서까지는 읽어지는데, 3서클부터는 안 보인단 말이야.'

책을 읽으면서 3서클 마법에는 어떤 것들이 있는지 보려고 했으나, 그가 아무리 3서클 마법을 보려고 해도 그 책은 나오는 듯하다가 다시 들어가 버렸었다.

아무래도 숙련이 되지 않으면 책이 보이지 않도록 어떤 장치가 되어 있는 모양이었다.

'그나저나 1서클 마법이 엄청 많네.'

어제부터 본 책이 스무 권이 넘는데도 아직 많이 남은 모양이었다.

그렇게 많은 책을 읽었는데도, 어머니의 병을 치유할 적절한 마법은 하나도 나오지 않았다.

대신 일상생활에 유용할 것 같은 마법은 대단히 많았다.

창준은 모르는 사실이지만, 1서클 마법은 전체 마법 중에서 가장 많은 수를 차지한다. 그 이유는 마법을 만드는 방법이 가장 쉽기 때문이다.

보통 마법사는 하늘이 내린 재능이라 하고, 실제 3서클 유저만 되어도 돈에 크게 구애받지 않고 살아갈 수 있다. 마법사들은 가장 이상적으로 마법사가 하는 연구를 지원하는 마탑에 소속되어 돈이 부족한 경우가 별로 없고, 마탑에 소속되지 않아도 엄청난 부자나 귀족의 밑으로 가기 때문에 돈이 부족한 경우가 없다.

금전적으로 부족하지 않은 마법사들이 바라는 것은 명예, 즉 자신의 이름이 널리 알려지는 것이다. 그래서 마법사들은 온갖 마법을 만들기 시작하는데, 그들이 가장 먼저 실험적으로 만드는 것이 1서클 마법이다. 마나 정제 고리를 하나만 사용하면 되는 1서클 마법은 연습용으로 만들기 가장 알맞은 형태였기 때문이다.

하지만 이런 1서클 마법도 발상이 좋으면 꽤 대단한 명성을 얻기도 하여 1서클에서 2서클 마법만 전문적으로 만드는 마법사들도 있다.

창준이 지금 사용하려는 마법도 그러한 과정을 통해서 나온 마법이었고, 그쪽 세계에서는 누구든지 배우려는 인기 마법이다.

그릇을 전부 싱크대에 넣은 창준은 손바닥을 펼쳤다. 딱히 이렇게 하지 않아도 되지만, 마법을 사용하기 전에 방향을 정하는 것이 더 편했다.

"클린(Clean)."

샤아악!

창준의 입에서 시동어가 나오자 어디선가 맑은 바람이 불어온다 싶더니 한순간에 그릇들이 깨끗하게 변했다.

그걸 본 창준의 입에 흐뭇한 미소가 감돌았다.

'마법은 편하구나!'

손에서 나오는 신기한 힘을 보자 이렇게 가만히 있는 시간조차 아까웠다. 빨리 더 대단한 마법을 배우고 싶었다.

보통이라면 익힌 것을 까먹지 않도록 반복해서 사용해야 했지만, 머리에 각인되기 때문에 그런 시간도 필요 없었다. 그저 정신을 집중해 읽기만 하면 되는 것이다.

'최대한 배울 수 있는 대로 모두 배워야 해!'

아직도 배워야 할 것들이 산더미처럼 남아 있었다. 얼른 이 마법 중에서 어머니의 치료에 적합한 마법을 찾아야 했다.

그때 창준의 구형 핸드폰이 울렸다. 액정에 '내 심장'이라 는 문구가 눈에 똑똑히 들어왔다.

여자친구인 소영의 전화였다.

평소 자신이 먼저 연락을 했었고, 자주 전화를 하지 않는 소영이기에 원래 창준이라면 서둘러 전화를 받았을 것이다.

하지만 지금 창준은 과거의 그가 아니다. 그의 머릿속에 남 아 있는 기억은 어머니가 아프고 돈이 필요해지자 가장 먼저 도망간 소영의 모습이었었다.

아직도 냉정하게 이별을 통보하던 그녀의 목소리가 귀에 선했다.

마음이 식은 지금 생각해 보면 소영은 그리 좋은 여자라 할 수 없었다. 얼굴은 제법 예쁜 정도지만, 항상 뭔가 사달라고 하던 것을 보면 자신을 남자친구가 아니라 호구라고 생각하 고 있을지도 모른다.

전화를 무시하려던 창준은 다시 마음을 바꾸고 전화를 받왔다.

"좋은 아침!"

―좋은 아침은 무슨… 요즘 왜 연락을 안 해?

"집에 잠깐 일이 있어서 바빴거든. 미안하다."

―흥! 그렇다고 전화를 한 번도 안 했다는 건 이해할 수 없거든.

"진짜 전화를 못할 정도로 바빴다니깐."

―아, 몰라! 어쨌든 오빠가 잘못했으니까 저녁에 맛있는 거 사줘.

약간 애교스럽게 말하는 소영의 말에 평소라면 간이고 쓸개고 다 빼줄 것처럼 공수표를 날렸겠지만, 이제는 다르다.

"미안하다, 내가 요즘 좀 바쁘거든. 나중에 내가 연락할게."

―뭐? 자, 잠깐!

"한 보름에서 한 달은 연락하기 힘들 거야. 나중에 통화하자."

―오빠!

소영이 뭐라고 말을 하려던 것 같았지만, 전화를 뚝 끊은 창준은 핸드폰 배터리도 빼서 던져 버렸다.

'그러고 보니 궁금한 게 한두 개가 아니었는데, 일단 내가 이것들을 다 익히면 그때 보자고.'

창준은 다시 방으로 향했다. 그리고 미친 듯이 마법을 머리에 각인하기 시작했다.

열흘이 지나고 나서야 창준은 집에서 나왔다.

열흘 동안 집에서 한 발도 나가지 않는 창준을 보면서 은미와 어머니가 걱정을 할 정도였기에, 밖으로 나간다는 창준을 보면서 쌍수를 들고 환영했다.

밖으로 나온 창준은 미리 알아놨던 버스를 타고 도시 외곽으로 나갔다.

약 한 시간에 걸쳐서 대전을 빠져나와 부근에 있는 함각산에 도착했다.

이곳은 해발 300여 미터로 그리 높지 않은 산이었으나, 등산객은 그리 많지 않아서 창준이 딱 원하는 그런 곳이었다.

등산로를 피해서 산 속으로 들어간 창준은 사람의 손길이 거의 닿지 않은 조그만 공터에 도착했다.

지금까지 열흘에 걸쳐서 머릿속에 각인된 마법을 사용할 생각을 하니 소풍을 나온 초등학생처럼 가슴이 두근거리고 흥분되었다.

공터 중앙에 선 창준은 숨을 고르고 마법을 사용할 준비를 했다.

"후욱! 후욱! 좋아, 이제 해볼까?"

창준은 손을 내밀고 손바닥을 펼쳤다. 그리고 마나를 움직이며 언령(言靈)의 힘을 담아 말했다.

"파이어(Fire)."

화륵!

창준의 언령과 마나를 통해 손바닥에 새빨간 불꽃이 일렁였다. 손 위에서 불꽃이 혀를 날름거리고 있는데도 뜨거운 느낌이 전혀 없어 신기했다.

'어디……'

호기심이 일어난 창준은 손바닥에서 일렁이는 불꽃을 다른 손으로 슬쩍 만졌다. 하지만 전혀 아무런 느낌이 없는 것 아닌가.

'뭐지? 나한테는 영향을 미치지 못하는 것인가?'

손에서 일렁이는 불꽃을 근처에 있는 나무로 가져가자 나무가 불에 그슬려졌다.

자신의 마나로 만들어진 불꽃이기에 자신에게 피해를 입히지 못한다는 사실을 알 수 있었다.

창준은 다른 손을 들어 외쳤다.

"아이스(Ice)."

사르륵!

이번에는 손 위에 주먹만 한 얼음이 생겨났다.

'너무 재미있다!'

얼굴이 한껏 고양된 창준은 두 마법을 취소하고 연이어 다른 마법들을 시연해 봤다.

상대가 있어야만 시연을 할 수 있는 마법을 제외하고 다른 마법들은 사용하는 데 문제가 없었다.

1서클 마법을 모두 사용해 본 창준은 이제 2서클 마법을 시연하려고 했다.

아직 2서클 마법은 1서클 마법을 정확히 숙련하지 못했기에 본연의 위력을 모두 발휘하지 못한다는 사실은 잘 알고 있다.

창준은 잔뜩 기대하는 마음으로 2서클 마법을 사용했다.

"파이어 애로우(Fire Arrow)!"

화아악!

마법 시동어가 떨어지자 허공에 불로 만들어진 화살이 나타나 다음 명령을 기다렸다.

불로 만들어진 화살을 황홀한 눈으로 바라보던 창준은 앞에 있는 나무를 향해 날린다는 의념을 보내자, 불로 만들어진 화살은 눈에 보이지 않을 속도로 날아갔다.

퍽!

나무에 적중하자 순식간에 불길이 붙었다. 가만히 놔두면 나무를 태우는 것으로 모자라 산불이 일어날 것이 분명했다.

창준은 당황하지 않고 미리 준비했던 마법을 사용했다.

"아이스 애로우(Ice Arrow)!"

이번에는 얼음으로 만들어진 화살이 나타났다가 창준의 의념에 따라 불타오르는 나무에 적중했다.

하지만 이미 불길이 오른 나무는 아이스 애로우 마법으로 잡을 수 없었다.

"이런 젠장! 워, 워터볼(Water Ball)!"

서둘러 마법을 시연하자 창준의 눈앞에 물로 만들어진 어른 머리만 한 물덩이가 생기더니 타오르는 나무에 부딪쳐 불을 잡았다.

하마터면 산불이 났을 상황이기에 안도의 한숨을 내쉬었다.

그 뒤로 창준은 더욱 조심하며 여러 가지 마법을 사용해 봤다.

상대의 공격을 막을 수 있는 방어막을 만드는 실드(Shield), 주변에 안개를 만드는 아이스 포그(Ice Fog), 땅에서 돌로 만들어진 가시가 튀어나오는 스톤 에지(Stone Edge) 등 여러 가지 마법이 공터에 작열했다.

마법을 사용하던 창준은 아까 사용했던 1서클의 아이스 미러(Ice Mirror) 마법을 사용했다.

그러자 눈앞에 얼음으로 만들어진 거울이 나타났다.

거울에 자신의 모습을 비춰보며 씨익 웃어 보인 창준은 준비한 마법을 사용했다.

"디스가이즈(Disguise)."

마법이 발현되자 얼음거울에 비친 그의 얼굴이 서서히 변했다. 평범한 남자의 얼굴에서 연예인 뺨 때릴 얼굴로 변하는 것이 아닌가!

이 마법은 변장 마법으로 자신의 신체나 얼굴을 마음대로 변하게 할 수 있는 마법이다.

이와 비슷한 마법이지만, 그 효과가 더욱 대단한 마법이 있으니 그것은 6서클의 트랜스포메이션(Transformation)이란 마법이다.

이 두 마법의 차이는, 디스가이즈 마법은 단순히 외모의 변화만 가능하지만, 트랜스포메이션 마법은 변장 수준이 아니라 자신의 몸을 완전히 바꿔 사람이 아닌 동물 같은 것으로도 바꿀 수 있다는 것이다.

마법을 즐기던 창준은 연속해서 계속 마법을 사용하자 자신의 몸에 모였던 마나가 많이 소진된 것을 느끼고 한쪽 공터에 앉았다.

자리에 앉은 창준은 온몸을 개방하여 주위의 마나를 흡수해 빈 마나 저장소를 빠르게 채웠다.

마나를 모두 채운 창준은 자리에서 일어나 자신이 벌인 상황을 구경했다.

그가 있던 공터는 거의 초토화 수준이었다.

땅을 파는 디그(Dig)를 사용하여 한쪽에는 땅에 거의 1미터는 될 법한 구멍이 생겨 있었고, 나무들은 불에 탄 흔적을 그대로 드러내거나 얼음에 얼려 있는 나무도 있었다.

그것을 보던 창준은 흐뭇한 얼굴을 하고 있다가 이내 다시 우울하게 변한다.

'재미는 있는데… 아직 어머니의 병을 고칠 만한 마법은 없었어.'

그나마 조금 유용하게 사용할 만한 마법이 있었는데, 1서클 마법인 디텍트 헬스(Detect Health) 마법이다.

이것은 대상의 건강을 확인할 수 있는 마법으로, 아마 이것을 사용하면 지금 어머니의 몸에 있는 병을 확인할 수는 있을 것이다.

'일단… 3서클 마법을 배우는 것은 조금 미루도록 하자. 아무래도 지금까지 나온 것을 보면 공격에 관련된 마법이 많을 것 같으니까.'

아직 일리미트 비블리어시카에서 나온 빛덩이 중에서 단 하나를 확인했을 뿐이다.

CHAPTER
02

연금의 기초

ALCHEMIST

창준이 집으로 돌아왔을 때는 이미 시간이 많이 늦어 어머니와 은미가 잠을 자려고 할 때였다.

"지금 시간이 몇 시인지 알아? 어딜 갔다가 이렇게 늦게 들어오는 거야?"

어머니는 가만히 있는데 은미가 더 난리다. 허리에 손을 올리고 제 딴에는 무섭게 보이려는 의도였는지 얼굴에 인상까지 팍 쓰고 있다.

하지만 동생이 그러고 있다고 겁을 먹는 사람은 아무도 없을 것이다. 창준의 눈에는 무섭다기보다 그냥 귀여울 뿐이다.

손을 내밀어 은미의 머리를 헝클어 버리며 피식 웃어버렸다.

"오빠가 좀 바빴다."

"꺄악! 머리 헝클어뜨리지 말라고 몇 번을 말했는데! 엄마, 엄마가 오빠 혼내줘, 이렇게 늦게 다니지 말라고."

"오빠가 바쁜 일이 있었겠지."

명숙은 은미의 말에도 부드럽게 웃으며 아무렇지 않게 창준의 편을 들어준다.

"엄마는 내가 늦게 들어오면 막 혼내면서!"

"너하고 창준이하고 같니? 창준이는 이제 고등학생이 아니잖니."

"쳇! 나도 졸업만 하면 늦게 다닐 거야."

"글쎄… 우리 동생이 목숨이 아깝지 않은 모양이구나. 좋은 배짱이야. 하하하!"

환하게 웃으며 말하는 창준의 등 뒤로 살벌한 검은 기운이 일렁이는 것처럼 보였다.

화를 잘 내지 않는 창준이지만, 한번 화가 나면 눈이 돌아가는 성격 탓에 어려서부터 몇 번 당한 은미는 피부에 닭살이 돋았다.

"노… 농담이야, 농담! 나는 농담도 못해?"

"그렇지? 농담이었겠지. 사실이었으면 오늘부터 몽둥이를 만들려고 했거든. 몇 개가 부러질지 모르니까 최대한 많이 만들려고 했는데, 참아도 되겠다. 하하하!"

웃으면서 말하는 모습이 더 무서웠다.

대충 자리가 정리되고 잠을 자기 위해서 각자 방으로 들어갔다.

창준은 마지막까지 남아서 방으로 들어가는 어머니의 등을 보며 작게 속삭였다.

"디텍트 헬스."

마법이 발현되자 무형의 마나가 명숙에게 날아가 잠시 머물고는 다시 창준에게 날아왔다.

마나가 가져온 정보는 대단한 정보를 담고 있지 않았다. 단지 어머니의 뱃속에 신체의 안전을 위협하는 덩어리가 있다고 말하고 있었다.

확인하지 않아도 뭔지 알 수 있다. 이미 미래에서 겪어봤으니 말이다.

방으로 들어간 창준은 일리미트 비블리어시카를 꺼내 바닥에 내려놨다.

마법을 익히면서 약간의 여유가 보이던 그의 얼굴은 방금 전에 확인한 어머니의 상태에 다시 처음처럼 심각하게 변해 있었다.

'빨리 방법을 찾아야 해.'

다시금 목적을 확인한 그의 눈에는 목적을 향한 의지가 번
뜩이고 있었다.

"일리미트 비블리어시카 오픈."

파아악!

창준의 말에 방 안에 빛덩이 두 개가 나타났다.

지금까지는 붉은 빛을 확인했었고, 이제는 다른 것을 확인
할 차례다. 이번에는 파란 빛덩이를 만졌다.

창준의 손이 닿자 빛을 내며 붉은 빛이 그랬던 것처럼 도서
관처럼 빼곡한 책들이 가득한 공간이 눈앞에 펼쳐졌다.

이제는 익숙한 시선으로 책을 고르자 그 책이 창준에게 날
아와 펼쳐졌다.

—마법진의 기초를 배우기 위해서는 마나에 대한 이해가
필요…….

마법진에 대한 전반적인 기초지식이 창준의 머리로 각인
되기 시작했다.

이미 나머지 한 가지가 마법진에 관련된 내용이라는 것은
일리미트 비블리어시카를 얻으면서 한 번 들었었다.

창준이 마법과 마법진에 대한 구체적인 차이에 대해서 잘
모르고 있었기에, 마법의 또 다른 한 분야라고 생각을 했었던

것이 사실이다.

하지만 머리에 각인되는 내용을 들어보면 마법과 마법진은 그 경계가 제법 확실하다.

간단하게 예를 들면, 물건을 헤아리거나 측정하는 수(數)와 양(量)에 관한 학문인 수학과 수학 공식을 사용하여 계산된 화학이나 물리가 수학으로 분류되지 않는 이유를 보면 된다.

이런 것처럼 마법진이 마법을 이용해 구성하는 것이 맞다. 하지만 마법만으로 마법진을 만드는 것은 아니다. 그 외에 다른 부차적인 것도 필요한 것이다.

마법진에 대한 기초지식을 일고 다음 책을 선택하자 이번에는 전혀 다른 분야가 나온다.

─연금(Alchemy)의 기초.

연금술이란 말을 처음 들어본 것은 아니다. 지구의 역사에도 연금술이란 것이 있었다.

기원전 알렉산드리아에서 시작되어 이슬람, 중세 유럽에 걸쳐 퍼진 연금술은 궁극적으로 비금속을 인공적인 수단을 이용해 값비싼 귀금속으로 바꾸려는 하나의 학문이었다.

역사적으로 거의 모든 나라의 화폐 수단이고, 현대에도 그 가치가 엄청난 금으로 바꾸려는 것은 모든 연금술사의 꿈이었다.

일리미트 비블리어시카를 얻으면서 나왔던 말에는 자신이 마법진과 연금술을 연계하여 대단한 성과를 거뒀고, 그것을 이용하여 자신의 몸에 마법진을 새겼다고 했었다.

한마디로 연금마법진은 지금 창준이 얻은 용언 마법에 비견되도록 대단한 힘이다.

연금술 기초의 내용은 대단히 어려웠다. 아마 이것이 머리에 각인되는 것이 아니라 하나하나 공부를 해야 하는 것이었다면, 이 두툼한 책을 이해하는 것도 몇 년이 걸릴 지경이었다.

사실 그것은 비단 연금술에 국한된 내용은 아니다. 용언 마법과 마법진 역시 마찬가지였으니까.

창준은 정신을 집중하여 이 모든 것을 빨아들이듯이 머리에 각인했다. 마법을 배우면서 익숙해졌기 때문인지 각인되는 속도는 점점 빨라져 갔다.

"다녀오겠습니다."

"그래, 조심해서 다녀와."

"오빠, 오늘도 새벽같이 나가는 거야?"

며칠째 아침 7시에 출근하듯이 집에서 나가는 창준을 보고 은미가 물었다.

창준은 아침잠이 꽤 많은 편이다. 군대에서 가장 고생한 것이 기상이라고 말할 정도였으니 말할 것도 없다.

그런데 요즘은 제일 먼저 일어나 아침을 준비하고 7시면 집에서 나간다.

처음에는 오늘뿐이겠지라고 생각했는데, 며칠째 이렇게 나가는 것을 보니 의구심이 안 생길 수가 없었다.

"빨리 일어나도 난리네."

"오빠, 혹시 어디 아르바이트나 직장 잡았어?"

"그건 알 필요 없어, 얼른 학교나 가라. 어쨌든 나는 먼저 간다!"

창준이 바람같이 나가자 은미는 어머니에게 물었다.

"오빠가 엄마한테만 말한 거야?"

"뭐를 말이니?"

"오빠가 저렇게 며칠째 나가는데도 아무것도 안 물어보잖아"

"너만 빼고 나한테 얘기할 리가 있겠니?"

"그런데 왜 안 물어봐?"

"이렇게 일찍 일어나서 뭔가 하려고 나가는 것이니 뭐라도 하겠지. 네 오빠가 쓸데없는 짓을 하고 다니는 사람은 아니잖아."

어머니의 말처럼 창준이 크면서 뭔가 쓸데없는 짓을 하고 사고를 친 기억은 없다. 꽤 활달한 성격이라 친구들도 많았고 말이다.

"그렇지만……."

"너도 빨리 교복 입고 학교 갈 준비나 해."

은미는 이내 더 생각하기를 포기하고 학교 갈 준비를 하기 시작했다.

집에서 나온 창준은 평소처럼 차를 타고 함각산으로 향했다. 이렇게 창준의 하루는 아침부터 시작해 꽤 바쁘게 지나간다.

함각산에 도착하면 마법 숙련도를 올리기 위해 마법을 사용하고, 그 응용법을 찾는 일을 한다. 그리고 점심이 지나면 마나 저장소에 마나를 채우고, 마나를 4서클까지 모으도록 수련한다.

그리고 집으로 돌아오면 잠시 가족과 시간을 보내고 아침 7시까지 일리미트 비블리어시카를 열어 각종 지식을 머리에 각인하는 작업을 한다.

마법진과 연금술에 대한 각인 작업은 마법을 배우는 것보다 더 오래 걸리고 있다. 마법보다 방대한 양의 자료였기에 어쩔 수 없이 시간이 더 걸리는 것이다.

잠을 자지 않는 것에 대해서 조금 걱정했으나, 이상하게도 일리미트 비블리어시카의 지식을 머리에 각인하는 작업을 하면 잠을 자지 않아도 몸이 상쾌하고 최상의 상태로 변했다.

이유는 알 수 없었지만, 어차피 최대한 많은 성과를 내려는 창준의 입장에서는 환영할 만한 일이다.

함각산에 오른 창준은 평소에 자주 가던 공터에 도착해 여러 가지 마법을 사용하며 숙련도를 높이기 시작했다.

1서클의 파이어, 아이스, 디그 등의 마법을 사용하고, 2서클의 각종 공격 마법을 사용한 창준은 이어서 마법을 조합하여 사용하는 연습을 했다.

예를 들면 아이스포그 마법을 중첩으로 사용하고, 1서클의 일렉트릭핸드(Electric Hand) 마법을 사용한다. 그러면 그의 주변을 뒤덮고 있던 안개에 전류가 흐르며 아이스포그가 닿는 주변을 모두 새카맣게 태운다. 그 안에 있던 창준은 자신의 마나를 이용해서 만든 마법이기에 그의 몸에 타격이 가지는 않는다.

일 대 다수의 싸움을 가정하고 만드는 조합법이었다.

이런 식으로 마법을 조합해서 사용하는 것이 원래 이 마법을 만든 사람이 사용했던 방식인지는 모른다. 단지 창준은 될 것 같다는 생각이 드는 조합은 이리저리 사용해 보는 것이다.

사실 공격용 마법을 열심히 익히는 창준이지만, 자신이 이 것을 언제 사용할 것인지는 그 스스로도 모르는 일이다. 어쩌면 평생 사용할 일이 없을 수도 있다.

현대사회에서 이런 힘을 사용할 만한 그런 일이 얼마나 벌어지겠는가. 흔히 말하는 뒷세계에서 살아가는 사람이라면 몰라도 평범하게 사는 사람은 이런 힘을 사용할 일이 거의 없다.

그래도 마법을 익히는 창준은 머릿속에 전에 봤던 영화에서 주인공이 위기 상황이었던 것을 떠올리며 마법으로 그 상황을 넘기는 이미지 트레이닝(Image Training)을 반복했다.

그런 망상을 하는 것이 재미있기도 했고, 이것을 사용해서 서클을 올려야 어머니를 치료할 방법이 나올지도 모른다는 생각에서였다.

띠리링!

한창 마법을 사용하는 것을 즐기던 창준은 한쪽에 놔둔 휴대폰의 문자 소리에 잠시 수련을 중지했다.

이제는 구형이 되다 못해 사용하는 사람도 드물다는 폴더폰을 열고 문자를 확인한 창준의 얼굴에 짜증이 일어났다.

—대체 왜 연락을 안 받는 건데? 진짜 헤어지겠다는 소리야?

문자를 확인한 창준은 피식 웃더니 망설임 없이 메시지를 삭제했다.

과거에는 소영이 메시지를 보내는 일도 많지 않기에 고이

고이 모셔두려고 저장까지 했었던 적이 있었다. 지금 생각해 보면 자신이 생각해도 어처구니가 없는 짓이다.

창준이 소영에 대해서 완고한 모습을 보이는 것은 단지 그녀가 자신이 어려울 때 외면하고 헤어졌기 때문만은 아니다.

이렇게 냉정하게 그녀와 이어져 왔던 관계를 생각해 보니, 그동안 보이지 않았던 많은 것이 보였다.

독선적으로 행동했던 그녀와 그녀에게 일방적으로 끌려다녔던 자신의 모습, 끊임없이 뭔가를 바라던 것, 심지어 그녀는 그가 입대할 때는 물론이고, 군대에 있는 동안 단 한 번도 면회를 오지 않았었다.

소영은 자신을 절대 좋아하지 않았다. 단지 자신은 그녀의 어장에 제대로 낚여 있었던 것이라 생각되었다.

'나중에 확인해 보면 확실히 나오겠지.'

창준은 가볍게 소영에 대한 생각을 털어버리고, 바닥에 돗자리를 깔았다.

준비해 온 김밥으로 점심을 대충 때운 창준은 가부좌를 틀고 앉았다. 가부좌를 한 창준은 눈을 반개하고 무릎 위에 손을 살며시 올려놨다.

오후라 마나를 흡수하여 마나 저장소를 늘리려는 것인데, 사실 창준처럼 이런 자세를 취할 필요는 없다. 자신에게 가장 편한 자세를 하면 된다.

창준이 이렇게 가부좌를 하는 것은 지금까지 봤었던 중국 무협영화의 영향이 컸다.

뭔가 내공을 모은다는 느낌이 강하기 때문에 이런 자세를 하면 더 많이, 더 빨리 마나를 늘릴 수 있지 않을까 하는 열망에 가부좌를 하는 것이다.

어차피 마나를 흡수하는 일은 시전자가 가장 집중되는 자세를 하는 것이 맞으니, 이런 자세를 해서 집중이 잘된다면 창준에게 도움되기는 할 것이다.

스스스!

창준이 마나를 흡수한 지 얼마 되지 않아 주위에서 미약한 바람이 불었다. 바람은 이상하게도 창준을 중심으로 빙빙 돌았고, 그 바람은 창준의 근처로 가면 사라지듯이 사그라졌다.

처음에는 미약한 바람이었으나, 그 바람은 점점 강해지더니 시원하게 부는 바람으로 바뀐다.

바람은 곧 마나였다.

원래는 무형으로 공기처럼 주변에 있는 것이 마나였으나, 그 마나를 인위적으로 체내에 흡수하는 창준에 의해서 마나의 유동이 일어나고, 마나는 바람과 같이 유형화되면서 창준에게 흡수되었다.

아마도 이곳에 사람이 있다면, 바람이 조금 이상하게 분다고 생각하는 수준일 것이다.

한번 마나 흡수를 시작하자 창준은 무아지경에 빠진 것처럼 꼼짝도 하지 않고 물을 흡수하는 스펀지처럼 마나를 흡수했다.

원래 창준이 일반인이라면 이렇게 할 수 없으나, 그의 신체는 아스란의 유언처럼 마나에 최적화된 상태로 탈바꿈되었다.

그렇기에 마나를 흡수하는 창준의 지루함을 느끼기 이전에 마나가 자신의 몸을 통해서 들어오는 것을 쾌감으로 느끼고 그것을 즐기고 있으니 지루할 틈이 없었던 것이다.

몇 시간에 걸쳐서 마나를 흡수하던 창준의 집중이 흔들린 것은 또다시 휴대폰이 원인이었다.

브으으으! 브으으으!

진동으로 한 탓에 소리를 내지 못하고 있지만, 그 정도만으로 창준의 집중을 깨기는 충분했다.

눈을 뜬 창준은 인상을 찌푸리며 휴대폰을 확인했다. 그리고 창준의 얼굴이 일그러졌다.

소영의 전화였다.

반가운 사람의 전화였다고 하더라도 자신의 집중을 깬 것에 짜증이 날 텐데, 하나도 반갑지 않고 오히려 꺼려지는 사람의 전화였으니 이 정도 반응은 당연했다.

그냥 끊어버릴까 하다가 전화를 받았다. 언제까지 그녀의 전화를 피하고 있을 수는 없으니까.

"여보세요."

—대체 뭐하자는 거야!

대뜸 전화에 대고 소리를 지르는 소영의 목소리가 휴대폰을 통해 쩌렁쩌렁 울렸다. 눈을 찌푸리며 수화기를 귀에서 떨어뜨렸던 창준이 다시 수화기를 귀로 가져왔다.

"소리 지르지 말고 얘기해. 귀 아파."

—지금 내가 소리 안 지르게 생겼어? 거의 보름 동안 연락해도 받지를 않고, 문자를 보내도 답장이 없었잖아!

"내가 전에 미리 말했잖아. 바쁜 일이 있어서 한동안 연락 못한다고."

—바쁜 일이 뭔데? 얼마나 바쁘기에 전화도 못하는 거야?

"중요한 일이라서 아무한테나 말하고 다닐 수 없어."

—하! 아무나? 내가 아무나야?

소영은 창준의 말에 어이가 없다는 것처럼 헛웃음을 하며 말했다.

그녀의 반응에 아직 확실히 헤어진 것도 아닌데 자신의 말에 본심이 저도 모르게 담겼다는 것을 느꼈지만, 굳이 말을 바꿀 필요가 없었다.

어차피 소영과 관계를 계속 이어갈 생각은 쥐새끼 염통만큼도 없었으니까.

"내가 때가 되면 전화 할게. 그럼 난 바빠서 끊는다."

—잠깐! 또 이런 식으로 끊으면 우리 정말 끝이야, 끝! 내 말 알아들어?

"그러니까 나중에 전화할게. 끊는다."

—야! 김창준 너 정말 이럴…….

찰칵!

소영이 악에 받친 목소리로 소리치는 것이 들렸지만, 창준은 아무런 말도 없이 전화를 끊었다.

전화를 끊은 창준의 얼굴은 아무런 동요도 없었다.

어쩌면 소영의 말대로 이제 헤어진 것이라 여길지도 모른다. 지금까지 그녀가 창준에게 보였던 행동을 생각하면 그럴 가능성도 다분하다.

하지만 그렇다고 크게 아쉬울 것도 없다.

아쉬운 것이 있다면, 지금까지 그녀에 대해서 가지고 있던 의혹들을 하나도 알아내지 못했다는 것뿐이다.

'수련이나 하자.'

창준은 머리를 흔들어 잡념을 털어버리고 다시 가부좌를 틀고 앉았다.

"하! 이거 정말 웃겨!"

거칠게 휴대폰을 가방에 쑤셔 넣은 소영은 자신의 입술을

잘근잘근 씹었다.

그런 소영의 반응에 그녀의 친구로 보이는 다른 한 여자가 물었다.

"누구하고 전화했는데 그렇게 화를 내는 거야?"

소영은 친구를 힐끔 보더니 마지못해서 입을 열었다.

"전에 말했잖아, 대전에 박아놨던 호구가 있다고."

"대전에 호구… 아! 고등학교 때 작업했다던, 지갑이라고 부르는 그놈 말이구나!"

친구는 누군지 알겠다는 듯이 손뼉을 치면서 말했다.

"그런데 들어보니까 네가 말한 것처럼 지갑은 아닌 것 같은데?"

"몰라! 갑자기 저번부터 전화를 안 받아."

"전화를? 그러면 혹시… 자기가 호구 취급 받고 있는 걸 눈치챈 건 아니야?"

소영은 친구의 말에 얼굴을 찌푸렸다.

그럴 수도 있다.

전에는 자신이 서울에서 뭐 먹고 싶다고 하면 고속버스를 타고 올라와 밥을 사주고 집으로 내려갔을 정도였는데, 이제는 그녀의 전화도 안 받으려고 하는 것을 보면 말이다.

'아니야, 그러면 나중에 말할 것도 없이 벌써 헤어지자고 하든지, 쫓아와서 난리라도 쳤어야 되잖아.'

평소에 자신의 말이라면 벌벌 떨던 창준이 이런 식으로 전화를 받았다는 것을 생각하면 할수록 더 어이가 없어졌다.

고등학교 때부터 사귀기 시작한 창준은 지금까지 이런 행동을 보인 적이 없었다.

평범하게 생긴 외모에 성격마저 딱히 모난 구석이 없는 창준은 누가 보더라도 흔해 빠진 남자 중 하나다. 반면, 소영은 연예인 수준의 미모는 아니었으나, 잘 빠진 몸매와 수려한 외모로 지나가는 사람들이 한 번은 뒤돌아보게 만드는 여자다.

자신이 소영을 차지하기에 모자란다고 생각했던 창준은 어떻게든 소영의 비위를 맞추기 위해서 노력했고, 소영은 자신의 뜻대로 창준을 마음껏 조종할 수 있었다.

이런 차이는 창준이 대학 진학을 포기하고 군대를 가면서 더욱 커졌다.

대학을 가지 못한 창준과 달리 소영은 대한민국에서 최고의 명문이라는 한국대에 진학을 했으니, 자신의 부족함을 더욱 절실히 느낀 것이다.

지금까지 이런 행동을 보이던 창준이 자신을 무시한다는 사실에 걱정보다는 분노가 치솟았다.

창준은 그녀에게 장난감과 같은 존재인데, 그 장난감이 주인에게 반항을 하는 것처럼 느껴졌다.

장난감은 주인의 관심이 사라지기 전까지는 스스로 주인

을 거부할 수 없어야 했다.

자존심이 상했다.

'감히 나한테 이런 태도를 보여? 만나주는 것만으로 영광으로 알지는 못할망정…….'

스스로에 대한 자부심이 높은 만큼 창준의 태도는 그녀에게 걱정보다는 분노를 키웠다.

차갑게 타오르는 소영은 결심했다.

'일단 다시 나를 좋아하도록 만들겠어. 사실을 안 게 아니라면 어떻게든 마음을 되돌릴 수 있을 거야. 그리고 냉정하게 차주지. 네가 나를 차도록 놔둘 것 같아? 차도 내가 찬다고!'

창준이 그녀에게 마음이 남아 있는지 어쩐지는 상관없었다. 소영에게 이건 자존심 문제였다.

만약 자신이 호구 취급을 받고 있다는 사실을 알고서 헤어지려는 것이면 상관없으나, 단지 자신에 대한 관심이 사라졌기 때문에 헤어지는 것은 자존심이 상하는 일이었다.

*　　　*　　　*

창준이 대전에 있는 집으로 향한 것은 평소보다 조금 늦은 시간이었다.

소영의 전화 때문에 마나 흡수를 중간에 멈춘 이후로, 다시 집중하기까지 시간이 걸려 목표량을 채우는 데 늦어졌다.

어차피 급한 일도 없어서 평소보다 조금 더 늦은 것이 그리 부담되는 일은 아니었다.

집으로 걸어가는 창준은 머릿속으로 계산을 했다.

'일단 내가 지금 가진 돈이… 한 200만 원 정도 되니까, 아껴서 쓰면 일단 올해는 넘길 수 있어.'

군대에 있으면서 나오는 몇 만 원 안 되는 월급을 아껴서 통장에 모았었다.

덕분에 중대에서는 독한 구두쇠라고 낙인이 찍혔으나, 그런 것은 크게 생각하지 않았다.

이 돈을 모아서 특별히 뭔가를 하려는 것은 없었지만, 이렇게 전역을 한 이후에도 어머니에게 용돈을 받는 것이 조금 부끄럽다는 생각 때문에서였다.

돈을 모아 전역을 한 이후에는 간간히 친한 친구가 소개해 주는 당일치기 아르바이트 같은 것으로 돈을 조금씩 불려 나갔다.

'단순히 버티는 것만으로 이 돈을 사용할 수 없다는 것이 문제이기는 하지.'

아마도 앞으로 돈이 들어갈 일이 있을 것이다.

지금 일리미트 비블리어시카에서 각인하고 있는 마법진과 연금술에 대한 내용은 기본적으로 시약이라는 물건이 필요하다.

이 시약이라는 것은 여러 가지 방법으로 얻을 수 있는데, 동식물이나 광물을 마나로 이용해 가공하여 채취하는 것이 일반적이다.

다행히 이름은 달랐지만, 현대에도 있는 재료들이 전체에 70퍼센트 이상이었다. 나머지 30퍼센트 중에는 비슷한 다른 것으로 대체가 가능한 것도 있었고, 아예 비슷한 것이 없는 경우도 있었다.

창준은 아마 어머니의 병을 고칠 수 있는 것이 나온다면 연금술이나 마법진에서 나올 것 같았다.

그렇다면 시약이나 다른 어떤 것을 만들기 위한 재료가 필요하고, 그 재료는 당연히 돈을 주고 구입해야 할 것이다.

'제발 비싼 것만 아니길 바란다……'

연금술을 하면서 여러 가지 시약에 대해 조사하다 보니 시약의 가격이 저가부터 엄청난 고가까지 다양했던 것을 확인했었다.

예를 들어 카올린(Kaolin)과 같은 분말 시약은 500g당 4,000원 남짓 하는 것도 있었지만, 1g당 몇 십만 원을 호가하는 시약도 다분히 많았다.

물론 모든 연금술에 이런 시약들이 들어가지는 않는다. 애초에 일리미트 비블리어시카에서 나오는 시약과 현대의 시약은 그 개념부터 다른 것들이 허다했으니 말이다.

아직 기초적인 조합들만 나오고 있지만, 우유와 같은 유제품을 이용하는 것들부터 현무암과 같은 돌이 재료로 들어가는 것들도 많았다.

'부디 제발 돈이 비싼 것만 아니길 바랄 뿐이지……'

아마 비싼 재료라면 200만 원은 게눈 감추듯이 사라질 것이다.

창준은 머리를 흔들어 생각을 비우려고 했다.

어차피 아직 방법이 나온 것도 아닌데, 이런 생각으로 머리를 아프게 할 필요는 없었다.

여러 가지 생각을 하며 아파트에 도착한 창준은 엘리베이터를 타고 집으로 올라갔다.

집이 있는 5층에 도착해 엘리베이터 문이 열렸고, 엘리베이터에서 내린 창준은 얼굴이 일그러졌다.

엘리베이터에서 내리자마자 자신의 집에서 흘러나오는 웃음소리와 이야기 소리가 들렸기 때문이다.

단순히 자신의 집에서 어머니와 은미의 소리만 들리면 이렇게 얼굴이 일그러질 이유가 없다.

"서울에 그렇게 미남이 많다는 말이에요?"

"그럼! 거기다가 서울에 남자들이 얼마나 적극적인지, 은미가 서울에 가면 남자들이 줄을 설 거야."

"나도 언니 따라서 서울에 올라갈까?"

"떽! 고등학교도 졸업하지 않고 어디를 올라간다고 그래?"

"내가 지금 당장 올라간다고 했어? 대학교를 서울로 가면 되잖아."

"소영이처럼 공부 잘해서 한국대에 들어가면 생각해 볼게."

"으악! 한국대라니!"

집에서 어머니와 은미, 그리고 소영의 목소리가 들렸다.

대체 소영이 여기까지 왜 내려온 것인지 알 수 없었다. 애초에 자신을 이 정도로 중요하게 생각할 리가 없다고 여겼으니 무리도 아니었다.

'무슨 생각이지? 설마… 내가 소영이를 잘못 생각하고 있었던 건가?'

자신의 기억에서 그 냉랭하던 그녀의 목소리가 귀에 남아 있는데, 이렇게 나타나서 집에까지 찾아온 소영을 이해하기 어려웠다.

창준은 일단 표정을 관리하며 집 문을 열고 들어갔다.

찰칵!

"오빠다! 오빠, 올케 언니 왔어!"

속도 모르고 환한 얼굴로 달려오는 은미를 보니 입맛이 썼다.

소영은 창준과 고등학교 때부터 사귀어 왔었고, 그것은 가족들 모두 알고 있다. 심지어 그녀가 서울로 가기 전에는 가끔 이렇게 집으로 오기도 했었다.

아마 그렇기에 그녀에게 더욱 배신감이 큰 것일지도 모른다.

창준은 은미의 머리를 쓰다듬고는 안으로 들어갔다.

"저 왔어요."

"어서 와라. 어딜 갔다가 이렇게 늦게 오는 거니? 소영이가 너를 기다린 지 한참 됐다."

"조금 늦었어요. 그런데 연락도 없이 대전까지 무슨 일이야?"

창준이 다소곳한 모습으로 앉아 있는 소영에게 물었다.

하지만 그 말이 조금 싸늘해 보였는지 소영이 대답하기도 전에 은미가 난리를 쳤다.

"무슨 일이냐니! 사랑하는 연인께서 바쁜 학업 중에도 여기까지 오빠를 만나려고 왔는데! 너무 매정하다! 언니는 이런 매정한 오빠가 뭐가 좋다고 여기까지 찾아왔어요?"

"호호! 매정한 사람이 아니라, 내가 말도 없이 찾아와서 놀라서 그런 거지. 그치, 창준 씨?"

아까의 전화는 전혀 없었던 일인 것처럼, 얼굴에 상냥한 미소까지 지으며 말하는 소영의 모습에 창준은 속으로 혀를 내

둘렀다.

'허! 대단하다, 대단해. 이 정도 되니까 이젠 무서울 정도네. 이러니 과거의 내가 정신을 못 차렸었지.'

소영이 연기를 하는 것이 창준의 마음을 빼앗기 위해서인지는 알 수 없지만, 오히려 반대로 창준은 그녀의 이런 모습에 살짝 소름이 끼쳤다.

"어머니, 소영이 데리고 나갔다가 올게요."

"그래, 안 그래도 너하고 같이 저녁 먹을지 몰라서 아직 밥도 안 줬었다. 조금 더 늦으면 우리하고 저녁 먹으려고 했어."

"저는 어머니가 주시는 음식을 먹으면 더 좋았을 거예요."

활짝 웃으며 말하는 소영을 보며 어머니는 기분이 좋은지 같이 웃어줬다.

창준은 점점 기분이 나빠졌다. 마치 소영이 자신만이 아니라 어머니와 은미까지 가지고 노는 듯한 기분이 들었기 때문이다.

그렇다고 여기서 말하기에는 자리가 좋지 않았다. 그저 빨리 그녀와 나가서 얘기를 하고 싶을 뿐이다.

"나가자."

"그럼 다음에 다시 올게요."

공손히 인사를 하는 소영을 보며 어머니와 소영의 얼굴에도 미소가 돌았다.

"그래, 다음에는 미리 말을 해주렴. 내가 솜씨를 발휘해 볼 테니까."

"나도 엄마 도와서 만들게. 꼭 다시 와야 해!"

어머니와 은미의 환대를 받으며 나온 소영은 창준이 잡은 엘리베이터에 몸을 실었다.

문이 닫히고 엘리베이터가 내려가기 시작했다.

엘리베이터가 움직이면서 고립된 공간에 있는 두 사람은 서로 아무런 말도 하지 않고 가만히 있었다.

문이 열리고 창준이 먼저 걸어갔다. 소영은 아무 말 없이 그런 창준의 뒤를 따라서 걸을 뿐이다.

창준은 아파트 단지를 벗어나서 한참을 걸었고, 그의 걸음 이 멈춘 곳은 창준의 아파트 사람들이 거의 찾지 않는 작은 놀이터였다.

놀이터에는 밤이 깊었기 때문에 사람들이 아무도 없었다.

창준은 소영을 돌아봤다.

그의 시선에 뭔가 애틋한 얼굴을 하고 있는 소영이 들어왔 다.

"여기도 엄청 오랜만이네. 내가 대전에서 살 때는 여기서 자주 얘기도 했었는데……."

"여기까지 말도 없이 내려온 이유가 뭐야?"

창준의 말은 공격적이었다. 집까지 찾아와 어머니와 은미를 가지고 논 것처럼 보였기에 그의 말에는 가시가 돋아 있었다.

"내 남자친구가 연락도 끊고 나를 피하는데, 내가 어떻게 서울에서 가만히 있을 수 있겠어?"

소영은 약간 골이 난 것처럼 입술을 삐죽이며 말했다.

과거 창준은 소영이 이런 표정만 지어도 안절부절못했다. 그녀가 보여주는 대표적인 화난 표정이었으니까.

하지만 이제 창준은 그때와 같은 사람이 아니었다. 그녀의 이런 태도는 그의 마음에 어떤 흔들림도 주지 못했다.

"내가 잠시 시간이 필요하다고 말했어."

"그래도 이렇게 연락을 끊어버린 것은 오빠가 잘못했다고 생각하지 않아?"

"그런 말을 하기 전에 네가 했던 말을 먼저 떠올려 봐. 내가 군대에 있으면서 네가 연락이 없었을 때, 네가 뭐라고 했지?"

"……."

"분명히 이렇게 말했잖아. 잠시 시간이 필요하니까 기다려 달라고, 계속 전화하면 더 힘들 뿐이라고 했었지? 그리고 사람은 누구나 잠시 생각할 시간이 필요하고, 상대를 정말 사랑하고 믿는다면 그 시간은 충분히 기다려 줄 수 있는 것 아니

냐고 했었고. 내가 틀렸나?'

창준이 군대에 있을 때, 거의 몇 달 동안 소영은 창준의 연락을 피했다. 그것은 그가 그녀에게 면회를 와달라고 말하고 얼마 지나지 않아서였다.

그때 자신이 군대에 있고, 자신을 마음대로 볼 수 없어서 소영이 힘들어했기 때문이라고 생각했다. 그래서 아픈 마음을 부여잡으며 한동안 고통스러워했었다.

"…그래서 지금 나한테 복수를 하려고 그런다는 말이야?"

잠시 아무런 말을 못하고 당황하던 소영은 이내 발끈한 모습으로 소리쳤다.

흔히 할 말이 없는 사람이 화를 내는 것으로 상황을 모면하려는 것과 다를 것이 없었다.

"복수? 그런 것을 하려고 했으면 진작 했겠지. 나는 진짜 시간이 필요했을 뿐이야."

"그 시간이 왜 필요한데? 무슨 일인데 말을 못하는 거냐고!"

"내가 아직 말해줄 상황이 아니라고도 말했다."

"말하지 못할 상황? 설마… 오빠 지금 바람피우는 거야?"

어처구니가 없었다.

심지어 친구들도 자신과 소영을 보면서 이런 생각을 단 한번도 한 적이 없었다. 그만큼 자신이 그녀에게 보이는 모습이

진실했었고 간절했으니까.

지금은 오히려 자신을 의심하는 소영에게 창준이 화를 내야 하는 상황이 맞았다.

"너……."

따르릉!

뭐라고 말을 하려던 창준은 소영의 가방에서 울리는 휴대폰 벨소리에 막혔다.

소영은 잠시 창준을 노려보다가 가방에서 휴대폰을 꺼냈다. 그런데 누가 전화를 한 것인지 확인한 소영의 얼굴이 미세하게 일그러졌다.

알아보기 힘든 변화였으나 오랫동안 소영과 만났던 창준은 쉽게 알아볼 수 있었다.

대체 누가 이 여자의 얼굴이 찌푸려지도록 만들었는지 궁금해졌다.

"서드 아이(Third Eye)……."

거의 들리지 않을 정도로 작게 1서클 서드 아이 마법을 사용했다. 그러자 창준의 어깨 위에 마나로 만들어진 작은 눈동자가 나타났다.

서드 아이 마법은 가까운 거리에서 또 하나의 시각을 만드는 마법으로 거리가 멀지 않으면 제삼의 눈을 마음껏 움직일 수 있다.

눈동자는 창준의 의지에 따라 소영의 등 뒤로 날아갔다. 눈동자 자체가 마나로 만들어진 것이기 때문에 소영의 눈에는 이런 것이 날아다니는 걸 볼 수 없었다.

서드 아이를 통해 휴대폰에 나온 이름이 보였다.

―부산 호구2.

'부산 호구… 2?'

누군가를 호구라고 부르는 것을 좋아하는 사람은 없을 것이다. 그리고 심지어 번호도 있다. 2번이라면 1번도 있다는 말이고 그녀가 호구라고 생각하는 사람이 최소한 부산에 두 명이 있다는 말 아닌가.

창준은 좋은 생각이 떠올랐다.

소영이 전화를 끊고 그에게 뭔가 말하려고 할 때, 창준은 손을 들어 그녀의 말을 막았다.

그리고 전화를 들어 그녀에게 전화를 걸었다.

따르릉!

전화벨 소리에 소영이 다시 전화를 들었고, 액정에 찍힌 이름이 고스란히 창준에게 드러났다.

―대전 호구.

부산 호구라는 저장된 이름이 보였을 때부터 짐작하기는 했었다. 자신에게 약간의 애정이라도 있었다면 그때 그렇게 냉정히 떠나가지는 않았을 테니까.

그래도 자신의 이름이 아닌 호구라는 호칭으로 저장된 이름을 보니 심장이 철렁하고 내려앉는 느낌이었다.

창준이 이런 느낌을 받는 이유는 그녀가 자신을 사랑하지 않았다는 것 때문은 아니었다. 그 정도는 짐작을 했었다. 단지, 호구 취급까지 받았다는 사실에 자신을 향한 실망감이 들었던 것이다.

'내가 얼마나 병신 짓을 했으면 호구라고 저장했을까.'

그동안 이런 여자를 위해서 감정을 낭비하고 돈을 소비했다는 사실이 너무나 후회됐다.

소영은 자신의 전화를 확인하고는 왜 전화했냐는 얼굴로 창준을 바라봤다.

그녀의 시선을 받은 창준은 그녀의 손에 들린 휴대폰을 낚아챘다.

"앗, 내놔!"

갑자기 자신의 휴대폰을 낚아채 간 창준의 손에서 다시 휴대폰을 뺏기 위해 달려들었으나, 창준은 그녀의 손이 닿지 않게 높이 들었다.

"무슨 짓이야!"

소리를 빽 지르는 소영을 무심히 바라보면서 창준은 다시 소영의 전화로 전화를 걸었다.

따르릉!

벨이 울리고 창준은 액정에 찍힌 이름을 확인했다. 그런 그의 모습에 소영의 얼굴이 확 일그러졌다.

창준은 액정을 무표정한 얼굴로 확인하고 그녀를 향해서 액정을 보이게 내밀었다. 그러자 소영은 휴대폰을 낚아채듯 뺏어들었다.

"대전 호구… 사람 이름으로는 참 씁쓸한 이름이다."

창준의 말에 소영이 움찔하더니 이내 본모습으로 돌변했다.

얼굴에 희미하게 조소를 지은 소영은 창준을 비웃는 시선으로 바라봤다.

"그래서? 억울해?"

"할 말이 그것밖에 없냐?"

"그러면 뭐라고 해줄까? 이럴 생각은 아니었어, 한 번만 용서해 줘, 내가 얼마나 오빠를 생각하는지 알잖아. 뭐, 이런 말을 듣고 싶은 거야?"

잔뜩 시비를 거는 말투로 변한 소영의 말에 창준은 무심히 그녀를 바라봤다.

만약 아직도 소영에게 어떤 마음이 남아 있었다면, 이런 소영의 말을 들으면서 그녀의 말 한마디 한마디가 비수처럼 그의 가슴을 난도질했을 것이다.

창준은 무심하던 얼굴에서 희미하게 미소를 지었다.

"그런 말을 하고 싶으면 해도 좋아. 그렇다고 달라질 것은 없으니까. 어차피 너라는 년이 어떤 년이라는 것은 대충 짐작을 했었거든. 아마 너도 그래서 쫓아온 것 아니야?"

"뭐, 뭐? 년? 하! 이제 막나가자는 거지?"

"말은 똑바로 해야지. 막나가자는 것은 너였고, 말을 조심해야 되는 것도 너야. 여기까지 쫓아온 이유는 뭐야? 대전에서 호구질을 해줘야 되는 물주가 손아귀에서 빠져나가니까 아쉬운 마음이라도 들었어?"

쌓였던 말을 폭풍처럼 쏟아내는 창준의 모습에 소영은 분한 얼굴로 아무런 말을 하지 못했다.

서로를 잠시 보고 있다가 먼저 말을 한 것은 소영이었다.

"그래, 어차피 이렇게 된 마당에 숨길 게 뭐가 있겠어? 호구질을 했다는 사실이 그렇게 억울해? 대체 뭐가 얼마나 억울한데? 대학도 돈 때문에 못가고, 집이라고는 거지 같은 아파트에서 살면서 나 같은 여자를 만난 것만 해도 재수 좋다고 생각해야 되는 것 아냐? 너 같은 놈이 제대로 된 여자를 만날 수 있을 거라고 생각해? 웃기지 마! 평생 그 모양으로 살아라.

나는 그렇게 사는 너를 보면서 비웃어줄 테니까. 연락도 하지
마!"

소영은 악담을 쏟아내고는 휑하니 몸을 돌려 걸어갔다.

그렇게 걸어가는 그녀를 보는 창준의 얼굴은 딱딱하게 변
하고 눈이 차가워졌다.

그녀를 향해서 손을 내민 창준은 당장에라도 배웠던 마법
을 펼칠 것처럼 부들부들 떨다가 도로 내렸다.

이렇게 악랄한 말을 하고 뻔뻔하게 미안하다는 말도 하지
않을 것이라 생각하지는 못했다. 하지만 그렇다고 그녀를 마
법으로 어떻게 하는 것은 뭔가 치졸하게 느껴졌다.

그리고 비록 그녀는 자신과 다른 마음으로 만났지만, 창준
은 과거에 그녀를 많이 사랑했다.

그렇게 사랑했던 여자에게 마법이라는 폭력을 사용하는
것은 자신의 마음조차 부정하는 것 같았다.

'나는 저런 여자하고 다른 사람이야. 돈을 보고 사람을 만
나고, 돈으로 사람의 가치를 평가하는 정신 나간 년과 똑같아
질 수는 없지. 마지막엔 가면이라도 벗겼잖아.'

창준은 분이 풀리지 않는 속을 가만히 삭혔다.

이제 창준은 과거의 그가 아니다. 그리고 그에게는 마법이
라는 새롭고 엄청난 힘이 있다.

그 힘을 이용해서 그녀가 자신에게 이런 태도를 보인 것을

후회하게 만들어주고, 스스로 기어와 용서를 구하게 만들면 된다.

하지만 그러지 않기로 했다. 어차피 그녀에 대한 마음은 충분히 정리됐었던 감정이다. 소영이 이 정도로 쓰레기 같은 사람이라고는 생각하지 못했고, 알아차리지도 못한 자신에 대한 벌이라고 생각하면 된다.

소영이 보이지 않을 때까지 지켜보던 창준은 하늘을 잠시 바라보다가 집으로 향했다.

창준은 이렇게 마음을 정리했으나, 그의 눈은 불길이 타오르는 것처럼 이글거리고 있었다. 그의 눈을 보면 그가 생각했던 것이 그저 당장 스스로를 진정하기 위해서 한 말처럼 느껴졌다.

과연 그가 소영을 그냥 넘어갈 것인지 두고 볼 일이다.

CHAPTER
03

찾았다!

ALCHEMIST

'찾았다!'

그렇게 고대하던 것을 찾았을 때, 창준의 뇌리에 떠오른 말은 딱 이 한마디였다.

소영이 난리를 피우고 떠난 후, 전보다 더 열의를 가지고 일리미트 비블리어시카를 파고들었다.

그리고 그 성과를 그녀가 떠난 지 일주일도 지나기 전에 볼 수 있었다.

비록 일주일이라는 짧은 시간이었으나, 그 사이에 창준에게 일어난 변화는 상당했다.

일단 매일 마법을 숙련하면서 마침내 3서클 마법을 사용할 수 있게 되었고, 그가 가지고 있던 마나의 양은 4서클에 도달했다.

그리고 무엇보다 큰 성과는 일리미트 비블리어시카에서 나오는 마법진과 연금술에 대한 내용을 보면서 마법과는 다른 법칙을 배웠다는 것이다.

그것은 마법의 경우 숙련되지 않으면 상위 마법을 배울 수 없다는 법칙이 있었으나, 마법진은 그와 다르게 마나의 양만 충분하다면 해당하는 마법진을 보거나 구현할 수 있다는 사실이다.

창준이 그렇게 찾기를 바랐던 어머니의 병을 고칠 방법은 바로 이것이었다.

─포션(Potion) 제조 마법진.

포션이라고 불리는 이 물약은 설명에 따르면 흔히 약장수들이 권하며 만병통치(萬病通治)라 부르짖고 판매하는 약과 동일하다.

물론이고 내상까지 치료하는 효과를 가지고 있는 포션이기에, 아스란이 있었던 세상에서는 일반 생활은 물론 전쟁 발생 시 군수물품으로까지 분류가 되는 물건이다.

흔히 이 포션은 두 가지로 나뉘게 된다.

하나는 마법사가 제조하는 포션과 다른 하나는 신을 믿는 사제가 만드는 포션이다.

'사제? 성당의 신부님이나 교회의 목사님 같은 그런 것인가?'

창준은 신을 믿는 사제가 치료를 하는 포션을 만든다는 것에 고개를 갸우뚱하며 의문을 가졌다.

이 시대의 성직자들은 축성(祝聖)을 내린 성수(聖水)를 만들긴 하지만, 이것은 실제로 누군가를 치료하려는 목적이 아니라 세례식을 하거나 축복의 의미로 사용하는 것뿐이다.

창준은 깊게 생각하지 않고 계속 읽어 나갔다

마법사가 만드는 포션은 마법진을 구성하고, 그 안에 물을 놔둔다. 그러면 마법진은 정해진 공식에 따라서 마나를 움직여 물에 마나를 주입하기 시작하고, 물은 점점 포션으로 변화한다. 여기서 중요한 것은 포션의 주재료인 물인데, 아무 물이나 되는 것이 아니라 마나로 정제를 한 물이어야 한다는 제약이 있다.

이렇게 만들어지는 포션은 주입되는 마나가 얼마나 많은가에 따라서 최상급 포션부터 하급 포션까지 나눠지게 된다. 기본적인 제작기간은 한 달에서 두 달이면 되지만, 그 기간 동안 몇 서클 마법진에서 만들어지는가와 얼마나 많은 마나를 주입하느냐에 따라서 포션의 등급이 나눠지는 것이다.

예를 들어 최상급 포션의 경우는 최소 5서클 마법진으로 만들고, 5서클 마법진일 경우는 단 한 병을 만들 수 있다. 그에 반해 하급 포션은 3서클 마법진이 최소고, 하루에 30병을 만들 수 있다.

이렇게 만들어진 포션의 차이는 명백하다. 최상급 포션의 경우에는 끊어진 팔다리를 상처 없이 붙일 수 있을 정도였고, 하급 포션은 상처를 치료하는 수준이었다.

'끊어진 팔다리를 붙인다고? 에이… 설마 그 정도까지 될 리가…….'

실제 현대에서도 불가능한 일은 아니지만, 대규모 수술을 동원해서야 가능한 일이었다. 그런 일을 최상급 포션으로 가능하다는 말이 쉽게 믿기지 않았다.

신을 믿는 사제가 만드는 포션은 마법사처럼 마나를 사용해서 만드는 구조가 아니었다.

성력에 의해 정화된 장소에서 자라는 풀잎에 맺힌 이슬을 받아 병을 채우고, 신이 허락한 신성력을 발하여 포션을 만든다.

이렇게 만든 포션은 딱히 등급이 없다.

대신 마법사들이 만든 포션과 극명하게 다른 점이 있으니, 마법사가 만든 포션은 외상과 내상에 탁월한 효과가 있지만,

사제가 성력을 이용해 만든 포션은 외상과 내상은 물론이고
병에 걸린 사람마저 고칠 수 있는 힘을 가졌다.

창준은 사제가 만든다는 포션에 대한 설명을 보며 입을 벌
렸다. 바로 그가 원하는 것이, 어머니를 고칠 수 있는 포션이
바로 이것이었으니까.

문제는 제조법이 나온 것은 마법사가 만드는 포션에 대해
서만 나왔다는 것이다. 이것은 마법사들을 위한 사전과 같은
것이기에 당연한 결과이기도 하다.

그리고 설명이 나왔으면 어쩔 것인가, 정작 이런 포션을 만
들 수 있는 사제가 없는데 말이다. 현대에서는 절대로 만들
수 없는 물건이다.

맥이 풀린 창준은 멍하니 기계적으로 제조법을 머리에 각
인해 갔다. 어머니를 고칠 수 있는 방법이 눈앞에 있으면서도
사용할 수 없다는 것에 대단히 실망한 것이다.

하지만 이런 창준에게 누가 뭐라고 할 것인가. 아마 이런
경우라면 거의 모든 사람이 창준과 같은 반응을 보일 것이다.

멍하니 머리에 각인을 하던 창준의 눈에 새로운 제목이 들
어왔다.

—연금마법진을 이용한 포션 제조 방법.

처음 제목을 봤을 때만 하더라도 그리 기대하지는 않았다. 아마도 연금마법진이라는 것을 사용해서 최상급 포션을 만드는 방법이나 대량 생산 방법일 것이라 짐작했었다.

하지만 이어지는 내용은 그의 생각과 달랐다.

아스란은 대단한 자존심을 가졌었다. 그렇기에 마법사들이 만드는 포션이 사제들이 만든 포션보다 못하단 세간의 인식을 못마땅하게 생각했었다.

그래서 연금마법진이란 새로운 학문을 만들자마자 가장 먼저 실험에 착수한 것이 바로 포션 제조였고 성과를 봤다.

하지만 그것이 끝이었다.

그럴 수밖에 없는 이유는, 사제들이 만드는 포션은 아침에 이슬을 받는 일과 신성력을 소모하면 만들어지는데, 아스란이 만든 포션은 그에 반해서 너무나 많은 비용이 소요됐기 때문이다.

향후 아스란은 이것을 개선하기 위해서 트롤(Troll)이라는 몬스터의 피를 이용해 같은 효과를 내는 포션을 만들지만, 마찬가지로 가격이 그리 저렴하지는 않았다.

아무튼 아스란은 가격이 비싸서 상용화하지 못한 이 방법이 창준에게는 어머니를 치료하기 위해서 반드시 필요한 제조법이란 것이다.

창준은 포션을 만드는 방법을 단어 하나라도 흘릴까 최대한 집중해서 뚫어져라 바라봤다.

"저 나갔다 올게요!"

"오빠, 밥은?"

창준이 밥도 안 먹고 후다닥 준비해서 나가려고 하자 아침 식사를 준비하던 은미가 소리쳤다.

"나 바빠서 먼저 나간다! 다녀올게요!"

"그래, 조심하고!"

출근을 하기 위해서 준비하던 어머니는 여전히 별다른 말을 하지 않고 몸조심하라고만 얘기했다.

"알겠어요!"

바람같이 집에서 나온 창준은 서둘러 아파트 단지를 나와 근처에 있는 PC방으로 향했다. 당연한 얘기지만 창준이 PC방으로 향하는 이유가 오락을 하기 위해서는 아니다.

어제 일리미트 비블리어시카에서 봤었던 연금마법진을 위해 조사해야 할 사항이 한두 개가 아니었고, 이 분야에 초보자인 창준이 많은 정보를 얻을 수 있는 곳은 인터넷밖에 없었다.

PC방에 들어와 컴퓨터 앞에 앉은 창준은 하나씩 검색을 시작했다.

일단 마법진을 구동하기 위해서는 마나석이 필수다. 마나석은 안정적인 마나를 공급하는 역할을 한다.

마법진은 두 가지 방법으로 구동하게 되는데, 마나석을 배터리처럼 사용하는 방식과 마법진 자체적으로 마나를 끌어와 구동하는 방식이다.

두 마법진의 차이는 마나석을 이용한 마법진의 경우 마나석이라는 매개체를 통해 마나가 안정적으로 일정한 양의 마나를 공급하도록 제어가 가능하다는 것이다.

하지만 마나를 자체적으로 끌어오는 마법진은 공급되는 마나가 주변 영향을 받아 안정적이지 못하다. 이런 마법진의 마나를 안정적으로 공급하기 위해서는 원하는 서클의 마법진보다 최소한 한 단계에서 두 단계 위의 마법진을 그려야 한다는 것이다. 그래야 많은 마나를 끌어와 필요한 양을 공급하고 나머지는 버려서 안정적으로 마나가 공급이 가능하다.

마나를 끌어오는 방식은 사용할 수 없었다. 창준에게 필요한 마법진은 4서클의 마법진이지만 안정적으로 마나가 일정하게 공급이 되어야 했다.

마나석이 없는 마법진을 만들려면 최소한 창준이 5서클에서 6서클이 되어야 하는데, 그 시간이 얼마나 걸릴지는 아무도 모른다.

사실 창준이 이렇게 빨리 마나를 4서클까지 올린 것도 모두 아스란이 남긴 마나가 풍부했기 때문이었고, 창준도 그것을 알고 있었다.

결국 포션을 제작하기 위하여 안정적인 마나를 받으려면 마나석이 있어야 했다.

마나석이란 것이 이 세상에 있다고 들어본 적도 없는 창준에게 다행인 것은 인공 마나석을 만드는 방법과 재료가 일리미트 비블리어시카에 나와 있다는 사실이다.

창준이 가장 먼저 조사를 시작한 것은 인공적으로 만드는 마나석의 재료였다.

일리미트 비블리어시카에 나오는 재료의 이름은 처음 듣는 이름이다. 이것은 언어가 다르니 당연한 부분이다.

그나마 각 재료마다 마치 원소주기율표처럼 세부 구성 요소가 나와 있고, 사진처럼 정교한 그림까지 있다는 사실에 다행이라고 생각해야 했다.

대단히 지루한 작업이지만, 꼭 필요한 부분이기에 실수를 하지 않도록 하나하나 번역했고, 풀이한 내용은 꼬박꼬박 기록을 했다.

이렇게 거의 오전을 번역하는 것으로 시간을 모두 보낸 창준은 인공마나석을 만드는 재료 리스트를 거의 손에 넣을 수 있었다. 하지만 재료 리스트를 확보하고도 기뻐할 수가 없었다.

'환장하겠네. 이건 뭐 그냥 쓸 수 있는 것이 하나도 없잖아.'

창준이 얼굴을 일그러뜨리며 인상을 찌푸렸다.

연금술에서도 어떤 재료에서 특정 물질을 분리해야 하는 경우가 대단히 많았다. 그래서 만들어진 마법이 3서클의 세퍼레이션(Separation) 마법이었고, 이 마법을 보조하는 마법진이 세퍼레이션 마법진이다.

이제는 마법에 대해서 완전히 신임하고 있는 창준은 이 마법이 통하지 않을 것이라고는 상상도 하지 않았다.

창준은 찌푸린 얼굴로 재료 리스트를 보며 생각했다.

'문제는 이게 아니야. 그나마 손이 조금 고달플 뿐이지, 재료를 구하는 것은 큰 문제가 아니니까. 문제는 이 두 가지인데…….'

창준이 고민하는 나머지 두 가지 재료 중에 하나는 백금(白金)에서 추출하는 재료다.

재료를 추출하는 것은 그리 어려운 일이 아니다. 하지만 백금의 중요한 문제는 바로 가격에 있다.

백금은 엄밀히 말해서 보석에 들어간다. 그렇기에 그 가격이 엄청나게 비싸다.

현재 시세로 한 돈(3.75g)을 구입하는 데 들어가는 금액이 약 20만 원이나 필요하다.

그렇다면 미숙한 실력이기에 실패하는 것을 가정하고 필요한 양을 추정하면 대략 20냥(1냥=37.5g)은 필요하고, 현금으로 계산하면 무려 4천만 원이나 필요하다.

전 재산이 200만 원 정도인 창준에게는 까마득하게 감도 안 잡히는 금액이다.

조금이라도 금액을 줄이기 위해서 백금에서 추출되는 것을 구입할 생각도 했었다. 대략 어떤 것을 추출하려는 것인지도 짐작했다.

백금에서 추출되는 것 중에서 가장 유명한 것은 바로 팔라듐(Palladium)이다. 아마 헐리웃 히어로 영화를 즐겨보는 사람이라면 모르는 사람이 없을 것이다.

팔라듐은 헐리웃 히어로 영화 '아이언맨'에서 나왔던 물건인데, 실제로 존재하는 백금족 원소다.

하지만 이것도 불가능하다. 왜냐하면 일단 팔라듐의 종류가 대단히 많아서 어떤 것이 포션의 재료로 적합한지 알 수 없었기 때문이고, 거기다 가격이 비싼 것일 경우에 실제 백금보다 몇 배는 비싸다는 것은 덤이다.

결국 가장 싸게 구하고 확실한 재료를 얻는 방법은 직접 추출하는 방법밖에 없다.

나머지 하나는 아직 어떤 것인지 찾지도 못했다.

―마나를 머금은 돌.

이렇게 단순한 설명에 심지어 그림마저 없으니 찾으려고 해도 찾을 수 없는 것이다.

일단 이것이 무엇이든지 백금을 구하는 정도의 금액을 가정하고 계산을 하면 창준이 벌어야 할 금액은 거의 1억에 가까운 금액이 된다.

아직 포션 재료는 확인도 하지 못한 상황에서 이런 결과가 나오니 오만 가지 만사가 다 짜증났다.

1억이라는 돈이 쉽게 보이는가?

창준이 고졸 출신으로 어딘가에 취업을 했다고 가정하고, 정말 한 푼도 쓰지 않고 약 5년은 모아야 벌 수 있는 금액이 1억이다. 여기에 생활비라도 썼다고 하면 7, 8년은 모아야 되는 금액이다.

하도 텔레비전에서 수억에서 수천억에 달하는 금액에 관련된 얘기를 듣다 보니 대단치 않게 들리는 돈이지만, 사실 1억이라는 돈은·그 무게에 깔려 죽을 만큼 큰돈인 것이다.

상황이 이러니 창준의 머릿속에서 이런 생각이 떠오른 것은 그의 잘못만은 아니다.

'어디서 돈을 훔쳐 버릴까?

멍하니 생각하던 창준은 미간을 찌푸리며 두 뺨을 찰싹거리면서 때렸다.

지금 그가 가진 능력을 이용하면 범죄를 저지르는 것은 쉬운 일이다. 하지만 만약 차후에라도 이런 사실이 알려지면 어머니의 얼굴을 보기 죄송해진다.

이것은 정말 도저히 방법이 없는 막다른 길에 몰렸을 경우에나 생각할 문제다.

어디서 돈을 훔치지 않는다면 지금 가진 200만 원이라는 자금을 가지고 뭘 해서든지 돈을 벌어야 했다.

창준의 눈이 빛났다.

'내가 가진 돈이 정말 작지만, 분명히 무슨 방법이 있을 거야.'

다른 사람에게는 자본금 200만 원을 가지고 몇 개월 안에 1억이 넘는 돈을 버는 것이 거의 불가능에 가까울 거다. 하지만 그에게는 그들과 다른 마법이란 또 하나의 무기가 있었다.

그에게 필요한 것은 이 적은 자본을 가지고 마법을 이용해 돈을 벌 수 있는 사업이 무엇인가를 찾는 것이다.

'일단 계획을 잡자.'

창준은 점점 머리가 복잡해지자 간단하게 먼저 해야 할 일과 나중에 해야 할 일을 구분 짓기로 하고, 메모장에 적었다.

1. 포션에 들어가는 재료를 번역한다.
2. 돈을 벌 수 있는 방법을 찾는다.

3. 돈을 벌면서 아직 찾지 못한 마나석 재료 한 가지가 무엇인지 찾는다.

4. 모든 준비가 완료됐을 경우, 포션을 제조할 장소를 물색한다.

머리를 복잡하게 만들었던 것을 정리하니 간단하게 나눠졌다.

가장 먼저 번역을 하고, 재료들을 구입할 돈을 마련하는 방법을 찾은 다음, 마지막으로 포션을 제조할 안전한 장소를 찾는 것이다.

대충 머리를 정리한 창준은 다시 눈을 부릅뜨고 포션 재료를 번역하기 시작했다.

창준에게 아주 다행하게도 포션의 재료는 마나석처럼 알 수 없는 재료가 없었다.

'인삼, 백수오, 지구자, 석룡자… 후우! 이것도 엄청 돈이 많이 들겠구나…….'

예를 들어 석룡자라고 불리는 도마뱀 말린 약재는 한 근에 150만 원 정도 한다. 이 정도면 한 근에 20만 원 정도 하는 6년 근 인삼은 양반이다.

한숨을 푹 쉰 창준은 조사한 내용을 정리하고 자리에서 일어났다.

이미 시간은 저녁이었고, 창준은 무거운 걸음으로 집을 향해 걸어갔다.

'빨리 돈을 벌 수 있는 방법을 생각해야 하는데…….'

아무리 마법이 있지만, 단시간에 큰돈을 만질 수 있는 방법이 그리 흔할 리가 없었다.

이렇게 고민하고 있으니 평소에 연예계 가십기사만 봤었던 자신의 지난날이 후회됐다.

창준은 무려 3년의 시간을 역행했다. 하지만 그 기억들로 딱히 돈을 만들 구석이 보이지 않았다.

지금도 활발히 재테크 수단이 되는 주식에 대해서 조금이라도 관심을 가졌었더라면, 앞으로 단기에 큰돈을 벌 수 있는 방법을 쉽게 만들었을지도 모른다.

하지만 안타깝게도 기억 속의 3년은 그런 돈이 되는 지식이 아니라 비참하게 살면서 풍문으로 들었던, 한 푼 돈도 안되는 연예인 가십밖에 없으니 답답할 노릇이다.

'앞으로 국내와 해외 연예계에 무슨 일이 생길 것인지는 아는데… 이걸로 돈을 벌 수 있는 방법은 없겠지?'

이런 정보로 돈을 버는 방법이 전혀 없지는 않다. 조금 비열한 방법이지만, 파파라치가 되어서 향후 일어나는 이슈들을 찾아가면 되니까.

하지만 이런 방법으로 그가 원하는 1억이 넘는 돈을 모으려면 시간이 너무 오래 걸릴 것이고, 무엇보다 당분간은 그런

이슈도 없다.

창준은 생각을 하면 할수록 마음이 더 답답해져 왔다.

며칠이 지나고 다시 함각산에 오른 창준은 얼마 전처럼 마법을 연습하고 자리에 앉아 마나를 흡수하기 시작했다.

스스스!

언제나 그러던 것처럼 주변의 마나가 움직이며 바람이 일어나 창준을 중심으로 움직였다.

그런데 그 움직임은 평소와는 조금 달랐다. 뭔가 힘이 없는 느낌이었다.

얼마의 시간이 지나고 창준은 눈을 떴다.

"아! 집중이 안 돼! 이런 식으로는 평소의 절반도 못 흡수할 거야!"

한탄하는 것처럼 말하고 뒤로 벌렁 누워버린 창준은 하늘을 바라보다가 자리에서 벌떡 일어났다.

창준은 씁쓸한 얼굴로 주변을 둘러봤다.

주변은 자신이 마법을 사용한 흔적으로 불에 그슬린 곳도 있고, 물웅덩이가 고여 있는 곳도 있었다.

'오늘은 더 이상 하기 귀찮으니까 다음에 와서 다시 연습을 하고 마나를 흡수해야겠어.'

돈을 벌어야 된다는 생각이 머릿속에 가득해 더 이상 아무런 일도 하고 싶지 않았다.

그렇게 평소보다 일찍 함각산을 내려온 창준은 버스를 타고 집으로 향했다.

집으로 향하는 버스 안에서도 창준의 머릿속은 온통 돈을 벌 수 있는 방법에 대한 것만 가득했다.

'내가 할 수 있는 방법은 오직 마법을 사용하는 것과 마법진을 만드는 것, 연금술을 사용하는 법뿐이야. 그러면 그중에서 가장 현실적으로 돈을 벌기 좋은 방법이 뭐가 있을까?'

일단 마법으로 돈을 버는 방법은 그리 용이한 것이 생각나지 않았다.

마법을 이용해서 뭔가를 판매하는 방법도 생각했으나, 원래 마법이라는 것이 사용자가 마나를 공급하던 것을 멈추면 마법이 깨지게 되어 있다. 그것을 거부하는 마법이 몇 개가 있지만, 뭔가를 판매하는 것과는 전혀 상관이 없는 마법이다.

그렇다면 현실적으로 마법으로 돈을 벌 수 있는 방법은 아주 단순하게 생각했을 때, 한 가지가 있었으니 바로 마술사였다.

손에서 불과 물, 얼음들이 튀어나오는 창준이니 어쩌면 대단히 유명한 마술사가 될지도 모른다.

그렇지만 이것도 결정적으로 단시간에 돈을 벌기에 그다지 좋은 방법은 아니었다.

결국 마법으로 돈을 버는 방법은 범죄를 저지르는 것을 제외하고 딱히 좋은 방법이 생각나지 않았다.

그러면 남은 방법은 마법진과 연금술 두 가지다.

깊게 생각도 하기 전에 연금술은 일단 제외했다. 이미 포션을 만들기 위해서 계산을 했듯이, 아무것도 없는 상태에서 작업을 하기에는 초기 투자 금액이 너무 컸다.

지금 창준이 찾으려고 하는 방법은 200만 원을 가지고 시작할 수 있는 일이다.

이제 남은 것은 오직 하나 마법진이다.

이런저런 생각을 하고 있자, 차는 금세 목적지에 도착했다. 창준은 차에서 내린 이후에도 걸어가며 생각을 멈추지 않았다.

마법진은 종류가 대단히 많았다. 그렇기에 어떤 아이템을 정해놓고 그것에 마법을 대입할 생각을 하는 것이 좋다.

'초기에 적은 금액으로 시작해서 큰돈을 벌 수 있는 것이라……'

창준의 머리가 복잡해졌다.

심란한 마음에 얼굴을 잔뜩 찌푸려진 창준이 집으로 걸어가다가 누군가를 발견했다.

조그만 가판대에 여고생 교복을 입은 학생 몇 명이 모여서 반짝이는 눈으로 구경하는 것이 보였다.

평소라면 별로 신경 쓰지 않고 지나갔을 창준이었지만, 여

고생들이 입은 교복이 동생인 은미의 학교 교복이었기에 눈
길을 줬다.

학생들 사이에는 창준의 동생인 은미도 끼어 있었다.

"이거 너무 귀엽다!"

"완전 예뻐!"

은미와 학생들은 누가 십대 소녀가 아니라고 할까 봐 소리
를 꺅꺅 질러대며 소리를 질렀다.

그런데 다른 학생들은 가판대에 있는 물건들을 이것저것
만지며 즐거워하는데 유독 은미는 만지지 않고 보고만 있었
다.

창준은 은미가 왜 저러고 있는지 알았다.

'으이그… 어차피 구경하다가 하나 사든지, 아니면 그냥
가는 건데 좀 만지면 어때서? 저런 고지식한 건 누구한테 배
운 거야?'

속으로 혀를 차는 창준은 자신이 은미보다 더 고지식한 면
도 있다는 사실은 모르는 모양이다.

"은미야!"

"응? 오빠!"

은미는 자신을 부르는 창준을 보고는 반색을 하더니 쪼르
륵 달려왔다.

"오늘은 엄청 빨리 집에 가네, 무슨 바람이야?"

"귀여운 동생 보려고 그런다!"

손을 들어 은미의 머리를 거칠게 쓰다듬자 은미는 소리를 지르며 자신의 머리를 다시 정리한다.

그 모습에 가판대에 있던 학생들은 은미의 친구들이었던지 창준에게 다가와 말을 걸었다.

"혹시 은미 오빠 맞아요?"

그러면서 창준을 탐색하는 것처럼 위아래로 훑어보는 모습이 먹이를 노리는 고양이처럼 보인다.

"맞는데, 너희가 은미 친구들이구나."

"뭐야, 속았어!"

"은미 이 앙큼한 것! 이 언니들의 상상력을 그렇게 자극하더니 이런 함정을!"

두 여학생은 대단한 충격을 받은 것처럼 머리를 쥐어뜯을 기세로 소리친다.

그런 두 여학생의 모습에 창준이 은미를 보자, 은미는 그런 창준의 팔에 냉큼 달라붙었다.

"내가 무슨 어쨌다고 그래?"

"네 이년! 이미 내 두 눈으로 똑똑히 보고 있거늘, 어디서 그 요망한 입을 놀리느냐!"

"마마, 어서 저년의 주리를 틀어 사실대로 이실직고하도록 만들어야 하옵니다!"

어느새 사극 모드로 바뀐 두 여학생이 콩트를 하는 것처럼 말하고는 창준에게 달라붙은 은미를 끌고 가려고 했다.

"내가 무슨 거짓말을 했다는 거야?"

은미는 오히려 당당한 얼굴로 말했다.

"저, 저 발칙한! 여봐라, 어서 저년의 주리를 틀어라!"

"예, 마마! 네 이년, 어서 오라를 받아라!"

창준은 은미와 두 여학생이 하는 짓을 보며 실소를 머금었다.

'참 재미있게도 노는구나.'

언젠가 은미가 자기 친구들에 대해서 말하며, 그 친구들이 조금 독특하다고 말했던 것이 기억났다.

아마 자신도 저 나이에는 저러고 놀았을 것이다.

하지만 이제는 아니다.

지난 과거에서 결국 거의 모든 친구가 자신에게 등을 돌렸던 것을 기억하는 창준은 다시 과거로 돌아온 이후에 친구들과 연락을 하지 않았다.

조금 무거워지려는 생각을 정리하고 보니 은미가 어느새 상황을 정리하고 있었다.

"나는 우리 오빠가 내 왕자님이라고 말했을 뿐이야. 그걸 가지고 너희가 무슨 생각을 했는지 내가 알 게 뭐야?"

창준은 은미의 말을 듣고는 자신의 얼굴을 두 손으로 가리고 싶었다.

사실 창준은 그리 잘생긴 사람은 아니다. 그렇다고 못났다는 말도 아니다.

보통의 키에 보통의 얼굴을 가졌고, 심지어 과거 학교 성적은 보통보다 조금 아래였다.

은미가 자신에게 왕자님이라고 부르기 시작한 것은 은미를 위해 대학 진학을 포기하고 군대를 가기로 결정했을 때부터다.

자신이 명문 대학을 갈 정도로 공부를 잘하지도 못했었고, 그에 반하여 은미는 항상 전교 수위권에 있었기에 다분히 계산적인 의미도 있었다.

그래도 은미는 이렇게 자신을 위해 대학도 포기한 창준에게 많이 미안하고 고마웠는지 가끔 왕자님이라고 불렀었다.

'씨바⋯ 그렇다고 밖에서 그러지는 말라고⋯⋯. 아니, 설마 돌려서 나를 욕하는 거 아니야?

아닌 게 아니라 자신이 어딜 봐서 왕자님에 어울리는 모습이라는 말인가.

이건 차라리 못생겼다는 말보다 더 창피한 일이다.

여고생 세 명이 길거리에서 아옹다옹하고 있자 사람들의 시선도 슬슬 모이려고 한다.

더 이상 공개적인 개쪽은 사양하고 싶었다.

"어험! 그래서 은미 친구들이라고?"

"아! 얘가 혜은라고 하고, 쟤는 수정이라고 해."

혜은라고 하는 아이는 키도 크고 당당해 보이는 분위기를 풍겼고, 수정이라는 아이는 마치 인형처럼 귀엽게 생겼다.

은미가 자신들을 소개하자 혜은과 수정은 지금까지 난리를 피우던 것과 다르게 공손히 구십 도로 인사를 했다.

"안녕하시와요, 왕자님."

"용안을 봬서 정말 영광이옵니다, 세자 저하!"

…아무래도 계속 말을 나누면 손해일 것 같았다.

"아하하… 아까 뭘 그렇게 보던 거야? 나도 같이 보자."

창준은 은미를 끌고 아까 모여 있던 가판대로 향했다.

가판대에는 귀걸이부터 목걸이, 반지, 팔찌까지 액세서리들이 놓여 있었다.

창준과 은미가 가판대로 가자 혜은과 수정도 다시 관심을 액세서리로 돌렸다.

다시 아까와 같이 꺅꺅거리며 액세서리를 보는 두 사람과 달리 은미는 조금 떨어져서 눈으로만 즐기고 있었다.

창준은 그런 은미를 보며 속으로 한숨을 쉬었다.

'에휴… 싫으니 죽지. 네가 이걸 돈 주고 사는 걸 기다리느니, 그냥 내가 사주겠다.'

지금은 한 푼도 아껴서 돈을 벌어야 하지만, 동생이 이러고 있는 모습을 보니 참기 힘들었다.

창준은 은미가 집중적으로 보는 액세서리가 가운데 빨간 큐빅이 박힌 반지라는 것을 보고는 그것을 들고 주인아저씨에게 물었다.

"이거 얼마예요?"

"오, 오빠가 그걸 왜 사? 혹시 소영 언니 주려고?"

은미는 은근히 자신의 마음에 들던 반지를 창준이 고르자 당황하며 물었다.

창준은 그런 은미의 말에 대답하지 않고 가판대 주인을 바라보고 있자, 가판대 주인이 가격을 말했다.

"3만 7천 원입니다."

"… 3만… 7천 원이요?"

가격을 듣는 창준의 얼굴이 살짝 굳었다.

길거리 가판대에서 파는 반지가 뭐가 이렇게 비싼지 알 수 없었다.

"하하… 생각보다 가격이 좀… 나가네요."

"이게 이렇게 보여도 금이 들어갔어요, 금. 이거 14K라고요."

가판대 주인의 얼굴에는 이것도 손해 보고 파는 거라는 표정이 가득이었다. 당연히 장사꾼 표정이라고 짐작은 했다.

사실 이런 가판대에서 14K 액세서리를 팔 리도 없고, 만약 판다고 하더라도 최소한 10만 원은 호가하는 금액이다. 그러니 지금 가판대 주인이 말하는 가격만 들어도 가짜라는 사실은 확실히 알 수 있었다.

창준은 당장에라도 흥정을 해서 가격을 깎고 싶었지만, 지금 자신을 바라보는 두 쌍의 초롱초롱한 눈을 보고 마음을 접었다.

'그래… 동생이 왕자님이라고 부르기까지 했는데, 여기서 모양 빠지게. 흥정이나 하기는 좀 그렇지.'

창준은 마음을 정하고 지갑에서 4만 원을 꺼냈다. 그러자 가판대 주인은 냉큼 돈을 가져갔다.

아마 그의 손이 미세하게 떨리고 있었다는 것은 돈을 받은 가판대 주인만 알았을지 모른다.

돈을 계산하고 창준이 은미를 힐끔 봤다. 은미는 은근히 마음에 있었던 반지를 창준이 샀기 때문인지 뭔가 아쉬운 얼굴이다.

창준은 반지를 은미에게 내밀었다.

"안 껴봐? 손가락에 맞는지 봐야지."

"어? 이거 나 주는 거야?"

"오빠 팔 떨어지겠다, 얼른 받아."

어리벙벙하고 있는 은미의 손에 반지를 쥐어주자, 멍하니 있던 은미가 활짝 웃으며 손가락에 반지를 끼웠다.

다행히 반지는 잘 맞았다.

혜은과 수정이 창준에게 역시 왕자님은 왕자님이라고 입바른 소리를 하는 것도 들렸다.

집으로 돌아가며 은미는 자신의 손가락에 끼워진 반지를 보며 헤죽거리고 웃었다.

창준은 그 모습을 보니 반지 값이 그리 아깝지 않았다.

"그렇게 좋아?"

"응! 엄청! 고마워, 오빠!"

"별 시답지 않은 걸 가지고. 그리고 또 사고 싶은 것 있으면 말해, 아까처럼 그렇게 있지 말고. 나 그렇게 돈 없지는 않다."

사실 정말 사달라고 하면 엄청 부담을 느끼겠지만, 지금은 호기롭게 말했다.

그런 창준의 마음을 이미 알고 있다는 것처럼 은미는 씨익 웃으며 반지를 끼운 손을 들어 보였다.

"이거면 됐어. 나중에 소영 언니한테나 예쁜 것 많이 사줘."

소영의 이름이 나오자 창준은 쓴웃음을 지었다.

헤어진 것을 말해야 하는데, 나름대로 창준의 여자친구가 한국대에 다닌다는 사실에 자부심을 가지고 있던 어머니와 은미에게 말하기 조금 꺼려졌다.

일단은 상황이 조금 바뀌면 천천히 말해야겠다고 생각했다.

다음 날, PC방에서 인터넷을 검색하던 창준은 갑자기 자리에서 벌떡 일어나 화장실에 들어가 자신의 입을 손으로 막았다. 창준의 입에서 나오는 소리는 손에 막혀서 밖에는 들리지 않게 가느다랗게 흘러나왔다.

"당했어, 씨바! 똑같은 반지가 2만 4천 원! 으아아아!"

본격적으로 이것저것 찾아보기 전에 어제 반지 가격이 문득 궁금해져 인터넷을 검색한 결과다.

인터넷에서 2만 4천원이면, 일단 택배비가 2천 원이라고 가정했을 때 반지 가격은 2만 2천 원이다.

'2만 2천 원… 보통 이런 물건들 생산 단가가 싸다고 들었던 것 같은데, 만 원 정도 이익 보는 걸로 하면 그 아저씨 이익은… 2만 6천 원! 으아아!'

무진장 아까웠다.

창준은 속으로 소리를 지르다가 문득 뭔가를 깨달고는 고개를 번쩍 들었다.

그리고 그의 입에서 신음과 같은 말이 흘러나왔다.

"찾… 았다!"

CHAPTER
04

아티팩트(Artifact)

ALCHEMIST

화장실에서 나와 앉았던 자리로 후다닥 돌아온 창준은 검색을 시작했다.

창준이 처음에 검색했던 것은 액세서리였다. 그리고 몇 번 검색하다 보니 은미에게 사줬던 반지와 같은 것들은 창준이 혼자 만들기 어렵다는 것을 알게 되었다.

이런 액세서리와 같은 물건에 대해서는 까막눈이라고 해도 과언이 아닌 창준이 예쁜 액세서리를 만드는 것은 불가능했다.

가장 쉬운 것은 인터넷에서 본 예쁜 액세서리 디자인을 모방해서 만드는 것이다. 하지만 창준은 나중에 저작권 소송에 걸릴지도 모른다고 생각했다.

디자인도 문제지만, 그것보다 더 문제는 가공하는 것이다.

금속을 아름답게 가공하는 기술은 보석세공사라는 전문가의 영역이다. 아무나 보석이 있으면 쉽게 뚝딱 만드는 그런 종류의 영역이 아닌 것이다.

'아… 이런 너무 쉽게 생각했나……? 그런데 비즈(Beads) 공예는 뭐지?'

실망하던 창준은 연관되어 나온 비즈 공예를 검색했다.

비즈 공예가 무엇인지, 그리고 재료 가격이 얼마인지 검색을 하던 창준의 눈이 점점 희열로 바뀌었다.

'재료가 싸다!'

다른 것은 다 필요 없이, 단 이것 하나만으로도 창준의 마음에 쏙 들었다.

재료와 크기에 따라서 조금씩은 다르지만 대체적으로 가격이 그리 비싸지 않았다.

예를 들면 스와롭스키(Swarovski)의 가격이 한 줄에 몇 백 원에서 몇 천 원 정도였다. 여기서 한 줄은 실과 같은 줄 하나에 구슬을 꿰는 것처럼 만들어놓은 것을 말하는데, 개수는 천차만별이다. 적게는 십여 개에서 많게는 수십 개가 모여 있다. 물론 낱개로도 살 수 있고 말이다.

이런 비즈 중에서도 비싼 것들은 개당 가격이 몇 천 원 하는 것들도 있다.

　그리고 보석세공사와 다르게 비즈 공예는 접근성이 뛰어나 아주 간단한 디자인이라면 자신도 충분히 할 수 있겠다는 생각이 들었다.

　'거기다가 도안까지 팔고 있으니까 조금만 고쳐서 사용하면…….'

　팔고 있는 도안에 따라서 똑같이 만들면 나중에 무슨 문제가 생길지 모르기에 잔머리를 굴리는 것이다.

　머릿속으로 간단하게 계산을 해보니 잘하면 짧은 시간에 엄청난 돈을 벌 수 있을지도 모르겠다는 생각이 들었다.

　사실 비즈 공예를 가지고 창준이 생각하는 것처럼 쉽게 돈을 벌 수 있다면 세상 누구든지 너도나도 비즈 공예를 하려고 난리일 것이다.

　하지만 만들기 쉽기 때문인지, 비즈 공예로 만든 팔찌나 목걸이와 같은 액세서리들은 대단히 저렴하게 판매가 된다.

　가장 싸고 단순한 팔찌와 같은 것은 겨우 몇 백 원에 팔리기도 하는 게 비즈 공예였다.

　창준은 미리 생각하고 있던 것이 있었다. 액세서리라는 것을 생각하기 전부터 무언가 판다면 가장 적절한 마법이나 마법진이 무엇이 있을지 생각했었기 때문이다.

그냥 만들어서 파는 것이라면 그렇게 비싸게 팔 수 없지만, 여기에 창준의 마법진이 추가되면 비싼 가격에도 팔 수 있다.

바로 매혹(Enchantment) 마법진이다.

사람이 어떤 것을 구매하려고 할 때, 그 사람의 마음을 사로잡는 상품이 있으면 된다.

예를 들어 냉장고와 같이 필요에 의해서 구매를 해야 되는 물건이라고 하더라도, 냉장고는 용량부터 용도까지 여러 가지 제품이 있다. 그중에서 소비자의 마음을 사로잡는 상품이 많이 팔린다는 것은 당연한 논리다.

이 매혹 마법진은 그런 면에서 탁월한 효과가 있다.

물론 매혹 마법진을 과하게 사용하면 큰 문제가 일어나지만, 1서클 마법진으로 만들면 들어가는 마나도 작기 때문에 의지가 무너지도록 사람을 조종하지는 못할 것이라고 생각했다. 하지만 자세한 것은 창준도 실험을 해봐야 알 수 있다.

누구나 한번 보면 구매를 하고 싶도록 만드는 마법. 장사를 하려는 사람에게 이것보다 더 매력적인 것이 뭐가 있겠는가.

그리고 무엇보다 마법으로 구매하게 한다는 것에 대해서 죄책감을 크게 가질 필요도 없다.

필요도 없는 물건을 사도록 만드는 것은 상대에게도 부담을 주는 일이다.

하지만 액세서리의 용도가 무엇인가? 더 아름답게 치장하고, 어떤 의미로는 과시하려는 욕구가 아닌가.

　매혹 마법진을 사용하면 구입한 사람은 만족감을 가질 것이고, 그것을 보는 다른 사람들은 부러워하며 창준이 만든 물건을 구입하고 싶어 할 것이다.

　모든 것이 다 좋은 것 같지만, 창준은 신중히 생각하기로 하며 계속 검색에 몰두했다.

　일단 시작하면 가지고 있는 돈을 얼마나 사용해야 될지 모르기에 신중을 기해야 하는 일이다.

　하지만 조사하면 할수록 창준의 마음에 딱 들어맞았다.

　만들기는 쉽고, 재료의 단가는 저렴하며 가격은 창준이 정하면 되는 것이니 신경 쓸 것도 없었다.

　'좋아, 그럼 이걸로 목걸이나 팔찌, 액세서리 같은 것들을 만들어서……'

　창준이 입이 귀에 걸린 것처럼 히죽거리며 웃었다.

　빈집에서 혼자 있다가 택배로 비즈 공예 재료와 도구들을 받은 창준은 의욕이 대단했다.

　'오늘 당장 만들어서 내일은 팔아야겠다!'

　택배로 받은 재료는 그렇게 많지 않았다. 결과가 어떻게 될지 모르는데 가진 돈을 전부 투자하기 부담되었기에 만들려는 도안에 맞춰 구입을 했기 때문이다.

그래서 창준이 산 재료는 팔찌를 만들 낚싯줄이 색상별로 몇 가지와 미리 선별한 색상과 크기가 다른 크리스탈, 핵진주 등 이십여 가지의 비즈다. 그리고 비즈 공예 도구로 사용할 롱노우즈 플라이어와 라운드 노우즈 플라이어 등이었다.

방에 재료를 늘어놓은 창준은 도안을 보며 가장 쉬운 팔찌를 만들기 시작했다.

낚싯줄을 적당하게 잘라서 도안대로 구슬을 꿰었다. 종류별로 예쁘게 구슬을 꿰고는 고정볼을 이용해 매듭을 만들어 고정시키고, 흔히 올챙이라 불리는 비드팁으로 마감처리를 해서 깔끔해 보이도록 만들었다.

비즈 공예는 똑같은 비즈를 가지고 누가 얼마나 예쁘고 센스있게 만드느냐가 관건이다. 만드는 것 자체는 그다지 어렵지 않다.

창준은 순식간에 만들어진 결과물을 보며 흐뭇한 얼굴이 되었다.

'예쁘다! 내가 만들었지만, 객관적으로 봐도 이건 너무 잘 만들었다!'

자신의 첫 비즈 공예 작품을 보는 창준의 눈은 뿌듯함이 가득 들어 있었다. 그의 눈에는 이것이 팔찌가 아니라 돈으로 보였다.

"다녀왔습니다!"

그때 학교에서 돌아온 은미의 목소리가 들렸다.

방을 대충 정리한 창준이 팔찌를 들고 나가서 웃는 얼굴로
말했다.

"왔구나!"

"어라? 웬일로 오빠가 방에서 나와서까지 인사를 받아주는
거야?"

"쓸데없이 그런 생각하지 말고, 이것 봐라."

창준은 마치 자랑이라도 하려는 것처럼 자신이 만든 팔찌
를 내밀었다.

"어? 이게 웬 팔찌야?"

은미는 창준의 손에 들린 팔찌를 보고 눈을 반짝이며 들여
다봤다.

"음… 비즈 공예로 만든 팔찌구나. 언니가 보내준 거야?"

소영에 대한 얘기가 나왔을 때, 창준의 얼굴이 살짝 움찔했
으나 이내 웃는 얼굴로 물었다.

"너도 비즈 공예를 아는구나. 어때? 예쁘지?"

"음… 예쁘네."

살며시 웃으며 말하는 은미의 모습에 창준의 얼굴이 조금
변했다.

눈치가 빠르다고 할 정도는 아니지만, 그래도 사람의 분위
기를 살필 줄 아는 것이 창준이다. 군대에서 고참에게 잘 보

이러고 하면서 자연스럽게 익힌 기술이다.

지금 은미가 말하는 것이 진심은 아니란 것을 느꼈다.

"왜? 안 예뻐?"

"예쁘다니까."

여전히 은미는 배려하는 마음으로 대답을 한다.

창준은 이 팔찌가 소영이 준 것이라 생각하는 한, 은미가 본심을 말하지 않을 것이라는 사실을 알았다.

은미가 이렇게 말하는 것을 이해할 수 있었다. 이런 상황에서 본심을 말하는 사람은 별로 없을 테니 말이다.

"이거 내가 만든 건데."

"뭐? 오빠가 만든 거라고? 언니가 아니라?"

"내가 만든 거라고. 그러니까 어떠냐니까?"

그제야 은미는 아까와 다르게 팔찌를 유심히 보더니, 힐끔 창준을 봤다.

"사실대로 말해줘?"

"제발 그렇게 해줘. 내가 알아볼게 좀 있어서 그러니까."

은미는 창준의 말을 듣고는 그의 눈을 피하며 말했다.

"사실… 나는 별로야."

"지… 진짜? 나는 예쁜데……."

"색상이 좀 촌스럽게 들어갔어. 그리고 내가 학교에서 비즈 공예 하는 애들이 있어서 자주 봤는데, 이거 마감처리도 깔끔하게 안 된 것 같은데."

은미의 말에 창준은 조금 실망했다. 그리고 자신의 눈이 얼마나 허접한지도 새삼 다시 느꼈다.

그래도 좌절하지는 않는 이유는, 이런 허접한 팔찌도 비싸게 팔 수 있는 방법이 있었기 때문이다.

방으로 돌아온 창준은 다음 단계를 준비했다.

다음 단계라고 하는 것은 이 팔찌에 매혹 마법진을 설치하는 일이다.

마법진은 크기에 구속받는 것이 아니다. 단지 마법진 내부에 있는 것들만 마법진의 영향을 받게 하는 수도 있고, 아니면 외부로 발현하는 마법진이 있을 뿐이다.

이 마법진이 발현되는 방식도 두 가지로 나뉜다. 시동어를 말해야 마법진이 작동하는 방식과 시동어를 말하지 않고 마법진을 만든 마법사가 구동을 하면 마법진이 파괴될 때까지 계속 움직이는 형식이다.

창준이 적용하려는 방식은 당연하게도 외부로 마나가 발현되며 시동어가 필요 없는 마법진이다.

손에 들고 있던 팔찌를 내려놓고 한쪽에 치워놨던 비드 중에서 하나를 꺼냈다. 창준은 마법진을 이 비드에다 설치하려는 것이다.

매혹 마법진의 본래 크기는 손바닥만 한 것이다. 하지만 팔찌에 이 정도 크기의 마법진을 새길 공간이 있을 리가 없다.

창준은 이 조그만 비드 내부에 마법진을 각인하려고 했다.

물론, 사람이 손으로 비드 내부에 마법진과 같이 정교한 문양을 세공하는 것은 불가능에 가깝다. 그래서 생각한 방법이 있었는데, 바로 1서클의 스탬프(Stamp, 각인) 마법이다.

스탬프 마법을 만들었던 사람은 자신이 싫어하던 사람의 집에 조롱하는 글이나 그림을 새기려고 만들었던 것인데, 오히려 이 마법은 마법계에 커다란 한 획을 긋게 됐었다. 정확히 말하면 아티팩트(Artifact) 부분에서였다.

창준은 이 마법이 어떤 의도로 만들어졌는지 몰랐는데, 공교롭게도 정확한 사용처에 사용하는 것이 되었다.

'일단 2서클 매혹 마법진이 얼마나 효과를 보이는지 그대로 사용해 보자.'

앞에 놓인 비드를 향해 두 손을 내밀고 매혹 마법진을 떠올리며 신중히 마법을 사용했다.

"스탬프."

파앗!

마법을 사용함과 동시에 비드가 작은 소리와 함께 희미하게 빛을 냈다. 그리고는 처음처럼 아무렇지 않은 모습으로 돌아왔다.

창준은 긴장한 얼굴로 비드를 확인했다.

비드 안쪽에 아주 작은 무언가가 새겨져 있는 것이 보였지만 그것이 마법진인지 뭔지 확인하기 힘들었다. 결국 창준은 돋보기까지 동원해서야 마법진이 제대로 새겨진 것을 확인할 수 있었다.

"좋아!"

처음 시도한 마법이 오류 없이 바로 성공한 것에 환호성을 울렸다. 하지만 이것이 끝은 아니다. 이제 마법진을 새겨 넣었으니 이 마법진을 활성화시켜야 했다.

창준은 다시 내부에 마법진이 새겨진 비드를 향해 두 손을 내밀었다.

"액티베이션(Activation, 활성화)."

앞에 있던 비드 내부에 작은 섬광이 일어나고 잠시 사람이 몸을 떠는 것처럼 부르르 떨렸다.

틱틱!

떨리는 비드에서 수상한 소리를 냈다. 그 소리를 들은 창준은 슬그머니 비드에서 떨어졌다.

퍅!

가벼운 소리와 함께 비드가 산산조각 나며 파편이 사방으로 튀었다.

비드가 심상치 않은 것을 보고 미리 뒤로 피해 있던 창준은 다치지 않았다.

창준은 부서진 비드 조각을 주워 살펴보고는 뭐가 잘못되었는지 생각해 봤다.

'매개체인 비드가 부서진 게 스탬프 마법을 사용했을 때라면 마법진을 축소한 문제라고 할 수 있지만… 액티베이션 마법을 사용하면서 비드가 부서졌으니, 스탬프 마법으로 각인한 마법진 자체에 문제가 있는 모양이야.'

마법진을 물체에 새기는 작업을 처음 해보는 창준이지만, 문제의 원인은 정확하게 집었다.

창준이 하는 작업은 정확하게 인챈트(Enchant)라고 부르는 분야로, 아스란이 살던 곳에서는 하나의 마법 지류로 칭해진다.

이 부분은 마법진에 대해서 처음 배우면서 이미 창준의 머리에 각인된 정보가 상당했기에 이런 정확한 분석이 나올 수 있었다.

만약 창준이 인챈트하는 마법진이 매혹 마법진과 같이 저 서클에 비공격성 마법진이 아니었다면 이렇게 방에서 작업을 하지 않았을 것이다.

그 이유는 마법이나 마법진을 인챈트하는 과정에서 방금과 같은 폭발이 일어나는 경우는 생각보다 많기 때문이다.

만약 고서클이 아니라고 하더라도 파이어볼과 같은 공격 마법이라면 이렇게 비드만 부서지는 정도로 끝나지는 않았을 것이다.

창준은 아무래도 이대로 계속 작업을 해봤자 문제가 해결되지 않을 것이라 생각하고 연습장을 꺼내 바닥에 펼쳤다.

연습장의 하얀 종이 위에 두 손을 펼치고 다시 스탬프 마법을 사용한 창준은 돋보기를 이용해 마법진을 세밀히 조사했다.

'이렇게 돼서……. 연결되고… 여기다! 마력 제어 부분이 제대로 그려지지 않았어! 이러니 마법진을 활성화했을 때, 마법진이 폭주해 매개체가 박살 났지.'

마법진을 축소하는 방법은 대단히 어려운 일이다.

단순히 그 마법진을 알고 있다는 정도로는 정확한 마법진을 그리기 어렵다.

그 이유는 이 스탬프 마법이 1서클 마법이라는 데 있다.

마법이라는 것이 고서클로 갈수록 세밀하게 마나를 조절하고 원하는 정확한 공식에 따라 움직이도록 한다는 것은 기본적으로 널리 알려진 사실이다.

스탬프 마법은 그 자체로 대단히 훌륭한 마법이지만, 이런 세밀한 조작은 대단히 어려운 일인 것이다.

이것을 정확하게 만들려면 두 가지가 필요하다. 마법진을 속속들이 통째로 머릿속에 구성하고 있고, 그것을 정확히 표현할 수 있는 컨트롤 능력이다.

창준에게는 첫 번째는 문제가 없다. 그의 머릿속에 지워지지 않도록 각인이 되어 있으니까. 하지만 그것을 정확히 그릴 수 있는 컨트롤 능력은 현저히 떨어졌다.

자신의 문제를 깨달은 창준이 이제부터 해야 하는 것은 명확했다.

'정확하게 마법진을 각인할 수 있는 능력이 될 때까지 무조건 연습이다!'

*   *   *

파삭!

"크으윽… 또 실패……."

창준은 부서지는 비드를 보며 신음성과 같은 소리를 냈다. 지금 시간이 새벽 4시가 아니고 집에 가족이 없었다면, 아마 그의 분노한 마음이 밖으로 거침없이 표출되었을 것이다.

스탬프 마법을 연습하기로 하고 연습장에다가 제대로 나올 때까지 미친 듯이 연습했다. 그리고 새벽 3시 경이 되어서야 매혹 마법진을 제대로 오류 없이 각인할 수 있었다.

사실 창준이 겨우 몇 시간 만에 제대로 각인을 할 수 있는 것을 다른 마법사들이 듣는다면 절대로 믿을 수 없을 것이다. 겨우 몇 시간 만에 이렇게 제대로 사용하는 게 가능하면 왜 인챈트 마법을 어렵다고 하겠는가. 심지어 창준은 이제 겨우 3서클에 발을 들여놓은 마법사였는데 말이다.

이건 기적은 아니다.

이 모든 일은 창준의 머리에 마법진이 마치 사진처럼 각인이 되어 있기에 가능한 일인 것이다.

하지만 스탬프 마법으로 매혹 마법진을 정확히 구사할 수 있었으나, 마법진의 활성화 단계에서 비드가 부서지고 있었다.

실패했을 때, 자신이 마법진을 아직 정확하게 새기지 못했다고 생각했었다. 그렇지만 여러 가지 방법으로 검사를 해봐도 자신이 새긴 마법진은 오류가 없었다.

'도대체 어디가 문제인 거지?'

창준이 원인을 확인하기 위하여 마법진을 확인할수록 자신의 마법진에는 문제가 없다는 사실만 재확인할 뿐이다.

고민을 하던 창준은 갑자기 고개를 번쩍 들더니 자신의 머리를 마구 쥐어박았다.

'으아! 이 멍청한 놈! 그걸 왜 잊어버린 거야!'

창준은 바로 연습장에 스탬프 마법을 사용하여 마법진을 각인했다. 그가 각인하는 마법진은 바로 내구도를 높이는 마법진이었다.

아무리 단단한 물체라고 하더라도 직접적으로 마나를 운용하는 마법진이 내부에 새겨져 있으면 무리가 가는 것은 당연하다. 이런 부분을 보조하기 위하여 기본적으로 첨부하는 보조 마법진이 바로 내구도를 높이는 마법이다.

창준은 이런 내용을 머릿속에 담고 있다. 하지만 아직 익숙하지 않기에 미숙한 부분이 있었다.

적재적소에 필요한 지식을 꺼내서 사용하는 일이 미숙한 창준은 자신이 만들려고 하는 매혹 마법진이 설치된 액세서리가 인챈트된 마법 물품이라는 사실에 대한 인식이 부족해 일어난 일이다.

다시 정확하게 마법진을 새기는 작업을 연습하기 시작한 창준이 연습을 마쳤을 때는 날이 밝아 해가 떠오르고 있을 때였다.

은미와 어머니가 일어났는지, 밖에서 말소리도 들리고 아침을 준비하는지 그릇이 덜그럭거리는 소리도 들렸다.

창준은 밤새 노력한 훈장으로 핏발이 선 피곤한 눈을 하고서 마법진이 새겨진 비드를 집어 들었다.

비드에는 안드로메다 성운처럼 생긴 형상이 서로 교차하는 모양으로 들어가 있었다. 절묘하게 합성된 마법진은 그 자체만으로 신비한 어떤 느낌을 받도록 만드는 기분이 들었다.

'이제 드디어 마지막이다!'

창준은 마법진이 새겨진 비드를 내려놓고 두 손을 펼쳤다.

"액티베이션."

화아악!

창준의 말이 끝남과 동시에 그의 내부에서 움직인 마나가 두 손을 통해 빠져나가 비드에 새겨진 마법진을 구동했다. 마법진이 구동되기 시작한 비드에서는 맑은 느낌의 빛이 흘러나오다가 서서히 빛을 갈무리했다.

지금까지와 다르게 안정적으로 마나가 구동되는 비드를 보는 창준은 밤새 쌓인 피로가 한 방에 날아가 버리는 듯한 기분이었다.

아무 말 없이 히딩크 감독이 했었던 어퍼컷 세레모니를 하고는 주먹을 불끈 쥐었다.

'성공!'

당장에라도 기쁨의 고함이 나올 것 같은 입을 애써 다물고, 마법진이 활성화된 비드를 들었다.

비드는 이전과는 전혀 다른 모습을 하고 있었다.

묘하게 남을 유혹하는 듯한 붉은 빛을 은은하게 띠고 있었고, 그 내부에 보이던 마법진은 마치 '맨 인 블랙'이라는 영화에서 나왔던 은하계가 담긴 구슬과 같이 조그만 은하계처럼 보였다. 실제로는 움직이지 않지만, 언뜻 보면 움직이는 것처럼 보이는 것도 하나의 매력이었다.

창준은 이 비드를 가지고 다시 어제 만들었던 팔찌를 만들기 시작했다.

"오빠, 일어나 밥 먹어!"

"일어났다! 금방 나갈게!"

건성으로 대답한 창준은 서둘러 팔찌를 완성했다.

완성된 팔찌가 어제와 달라진 것은 마법진이 새겨진 비드가 가운데에 위치하고 있다는 것만 다를 뿐이지만, 이렇게 포인트가 되는 비드가 가운데 있음으로 해서 뭔가 더 고급스러워진 느낌이었다.

물론 창준이 이것을 의도하고 만든 것은 절대로 아니지만 말이다.

'이걸로 실험해 봐야겠다.'

어제 은미는 창준이 만든 팔찌에 대해서 좋지 않은 평가를 줬었다. 하지만 매혹 마법진이 제대로 돌아가기만 한다면 은미가 보일 반응은 어제와 사뭇 다를 것이다.

팔찌를 주머니에 쑤셔 넣은 창준이 방에서 나왔다.

"엄마는?"

"벌써 나갔지. 오빠도 빨리 밥 먹어, 설거지하고 나갈 거니까."

아무래도 마지막에 활성화 마법을 펼치느라 집중하는 사이에 벌써 출근을 하신 모양이다.

창준은 차라리 잘됐다는 생각을 하며 은미에게 물었다.

"은미야, 너 팔찌 줄까?"

"정말? 그런데 무슨 팔찌… 아! 어제 그거?"

대답을 하는 은미의 얼굴이 여러 가지로 바뀐다. 처음에는 기쁜 표정에서 조금은 묘한 표정으로 변했다.

그런 은미의 표정을 보며 창준은 피식 웃었다.

'아마 깜짝 놀랄 거다.'

창준은 은미의 물음에 대답하지 않고 주머니에서 천천히 팔찌를 꺼냈다.

"나야 원래 액세서리가 없으니까 오빠가 주는 거라면 뭐든… 지……."

말을 하던 은미는 창준의 주머니에서 팔찌가 나오다가 마법진이 새겨진 비드가 모습을 드러내자 서서히 하던 말을 잃어버리고 멍하니 팔찌를 바라봤다.

두근! 두근! 두근!

팔찌를 바라보는 순간, 은미의 심장이 점차 격하게 뛰기 시작했다. 온몸의 피가 다리로 가라앉았다가 다시 머리 위로 솟구쳤고, 격한 운동에 뜨거워진 피가 온몸을 달궜다.

'내, 내가 왜 이러지?'

은미는 스스로 자신의 변화를 인지하고 의문을 가지면서도 두 눈은 창준의 손에 들려 움직이는 팔찌에 고정되어 흔들림이 없었다.

은밀하게 변하는 은미의 반응을 창준은 제대로 인지하지

못했다. 단지 그녀의 눈동자가 손에 들린 팔찌에 고정되어 있다는 것만 알아차렸을 뿐이다.

창준이 팔찌를 왼쪽으로 이동하자 은미의 눈동자도 팔찌를 따라서 움직이고, 오른쪽으로 움직이면 오른쪽으로 눈동자가 움직인다.

'이거 재미있…….'

"내 거야!"

"헉!"

갑자기 발작이라도 일으키는 것처럼 펄쩍 달려들어 창준의 손에 들린 팔찌를 낚아채려는 은미의 움직임에 창준이 화들짝 놀라 팔찌를 들고 있는 손을 하늘로 올렸다.

"내놔! 내놔!"

은미는 닿지 않을 것이라는 것도 모르겠는지 힘껏 제자리 뜀뛰기를 하며 어떻게든 팔찌를 낚아채려고 바동거린다.

지금까지 은미와 같이 지내면서 단 한 번도 보지 못한 이런 모습에 창준이 당황했다.

'헐… 이렇게 강력한 것이었어?'

매혹 마법진의 위력이 이렇게 강력하다는 것을 제대로 실감하는 창준이었다.

팔찌를 낚아채려고 발버둥을 치는 은미를 보며, 마음 같아서는 그냥 주고 싶었으나 그럴 수 없었다.

이 정도 위력을 가진 팔찌를 은미에게 줬을 때, 그녀가 어떤 위해를 줄지 알 수 없었으니 말이다. 사람은 죄가 없지만, 보물을 가진 것이 죄라는 말이 있지 않은가.

창준은 마법진을 멈추려다가 문득 장난기가 돌았다.

"이게 갖고 싶어?"

"응! 빨리 줘! 빨리! 빨리! 빨리!"

"그러면 바닥에 앉아서 다섯 바퀴를 돌고 개 짖는 소리 세 번……."

빙글빙글빙글!

"멍! 멍! 멍!"

말이 채 끝나기도 전에 바닥에 앉아서 빙글빙글 돌고 개 짖는 소리를 내는 은미를 보며 창준은 터지려는 웃음을 꾸욱 참았다.

'미안하지만 그냥 줄 수는 없지.'

창준은 마나를 보내 마법진의 구동을 멈추고 쭈그리고 앉아 있는 은미에게 팔찌를 넘겼다.

"자."

"내 거!"

팔찌를 얼른 낚아챈 은미가 얼굴에 마구 비비다가 천천히 정신을 차렸다. 그리고 그제야 자신이 무슨 창피한 짓을 했는지 떠올랐다.

"그렇게 갖고 싶었어? 진작 말을 하지."

"그… 그게… 몰라! 으아아앙!"

은미는 얼굴이 빨갛게 변해서 우는 소리를 내며 서둘러 밖으로 달려나갔다.

그것을 보는 창준은 키득거리며 웃었다. 귀여운 동생이지만 골리는 재미가 있었다.

'좋아! 일단 성능에 문제는 있지만 성공은 성공이네.'

어차피 마법진을 새기는 부분이 문제였지, 그것을 약간 조정하는 것은 어려운 일이 아니다.

이제는 뭐든 액세서리를 만들어서 마법진은 새긴 다음 비싼 가격에 팔기만 하면 되는 일이니, 창준의 얼굴에는 미소가 가시지 않았다.

'그러면 조금만 잠을 자고, 낮부터 액세서리를 만들어야겠구나. 저녁에 어디로 팔러 나갈지도 정해야겠네.'

흐뭇하게 웃는 창준의 눈에는 당장에라도 돈이 보이는 것 같았다.

*   *   *

세상일에 쉬운 것은 없다는 말이 있다.

지금 창준에게 그 말이 딱 어울렸다.

은미에게 장난친 날부터 저녁에 비즈 공예로 만든 액세서리를 팔려고 대전에서 유명한 은행동 으능정이거리에 나왔다.

가판대로 사용할 나무 탁자를 구하고 봉지에 액세서리를 바리바리 싸들고 나왔더니, 가는 날이 장날이라고 노점상 단속을 하고 있는 것이 아닌가.

오늘부터 길거리 판매를 하려는 창준이기에 합법과는 거리가 멀었다.

그래서 그대로 철수한 창준은 다음날을 기약했다.

빨리 돈을 벌고 싶은 마음이 굴뚝같았으나, 무리해서 장사를 하다가 액세서리를 모두 단속 당해 빼앗기면 손해가 이만저만이 아니기 때문이다.

단순히 비즈 공예로 만든 물건이라면 그리 큰 손해는 아니지만, 창준의 물건에는 모두 마법진이 들어간 물건이다. 어차피 돈이 들어가는 일은 아니나, 창준의 노동력을 계산하면 엄청난 손해라고 할 수 있다.

어쨌든 다음 날은 으능정이거리에 다시 가는 것이 불안하여 둔산동으로 향했다. 그런데 둔산동에 도착한 창준은 당황하고 말았다.

창준이 둔산동에 도착한 시간은 오후 두 시경.

사람이 별로 없었다. 그나마 돌아다니는 사람들은 창준이 마련한 작은 가판대에 관심조차 없었다.

알고 보니 둔산동은 밤에 불야성을 이루고 사람들이 넘친다고 한다.

둔산동이 번화가라고 알고 있었을 뿐이지, 실제 나왔던 적이 거의 없었던 창준의 잘못된 판단이었다.

'젠장… 밤에만 가끔 와봤지 낮에 온 적이 있어야 말이지…….'

결국 저녁까지 멍하니 기다리고 있으니 사람들이 점점 모이기 시작했다.

하지만 이번에 닥친 문제는 매혹 마법진이 사람을 제대로 끌어들이지 못한다는 것이다.

은미에게 장난을 친 이후 출력을 많이 낮췄는데, 너무 많이 출력을 낮춘 모양이었다.

그리고 더 큰 문제는 그나마 사람이 늘어나면서 관심을 보이는 사람들도 늘어났으나, 해가 지면서 준비한 액세서리가 보이지 않게 되었다는 것이다.

원래 이런 노점을 하는 경우에 자동차 배터리 같은 것을 준비해 와 액세서리에 조명을 비추고는 하지만, 창준은 이것을 준비하지도 않았다.

결국 많이 판매를 하지 못하고 다시 집으로 향하는 창준의 발걸음은 무거웠다.

'그래도 조금은 벌었네…….'

창준이 오늘 벌어들인 돈은 3만 원이었다.

물건 하나당 만 원의 돈을 받으려고 했지만, 매혹 마법진이 약해서 사람들이 비싸다고 구입을 안 하려고 했었다.

그나마 3만 원을 벌어들인 이유는 대폭 가격을 낮춰 5천 원에 팔았기 때문이다. 물론 5천 원도 다른 비즈 공예품 가격에 비하면 대단히 비싸기는 했다.

집으로 돌아온 창준은 방으로 들어가 다시 계획을 짰다.

'이대로는 안 되겠어. 이러면 게릴라 작전으로 들어간다!'

사실 창준이 판매를 하려는 가격은 팔찌는 2만 원, 목걸이는 4만 원에 팔려고 하고 있었다. 이 금액은 중고등학생들이 구매하기에는 조금 부담스러운 가격이다.

그렇다면 주요 고객층은 최소한 대학생 이상이라고 할 수 있다.

'대학생들은 저녁이나 학교 쉬는 날에 번화가에 나오는 일이 많겠지.'

대학 생활을 해보지 않은 창준은 짐작만 할 뿐이다.

'그러면 주말에는 번화가에 노점을 차리고, 평일에는 유동 인구가 많은 곳에서 짧게 장사를 하고 빠지는 방식으로 해야겠다!'

노점을 차리기 힘들면서 유동 인구가 많은 곳, 특히 대학생이 많은 곳이라면 추측하는 것이 그리 어렵지 않았다.

점심시간에 학교 입구 근처에서 노점을 차리면 된다.

대신 어느 대학교든지 학교 입구에서 노점을 차리면 경비를 보는 사람이 쫓아내는 경우가 많다.

하지만 이것도 어느 정도 생각이 있었다.

창준이 고등학교를 다닐 때 비슷한 장면을 본 적이 있었다.

학교 근처에서 노점 장사를 하는 아저씨가 쫓아내려고 다가온 경비에게 은근히 뒷돈을 찔러주는 것을 봤었다.

모든 학교 경비가 이렇게 뒷돈을 받는 것은 당연히 아니겠지만, 그래도 시도는 해볼 만했다.

5만 원 정도 찔러주고, 장사를 해서 50만 원을 벌면 되는 것 아니겠는가.

대충 움직일 동선을 정하고 나자 창준이 할 일은 하나가 남았다.

너무 마법진의 출력을 낮췄던 액세서리를 다시 재조정하는 일과 액세서리를 더 많이 만드는 것이다.

만들어놓은 물건은 많이 있지만, 정말 그의 생각대로 물건이 많이 팔렸을 때 물건이 모자라면 안 된다.

방으로 들어가는 창준의 눈에는 반드시 돈을 벌고 말겠다는 집념이 서려 있었다.

CHAPTER
05

확장

ALCHEMIST

　"보희야, 점심 먹으러 같이 갈래?"

　"죄송해요, 오늘은 밖에서 약속이 있어서요. 다음에 같이
가요, 선배."

　"그, 그래! 그러면 내일 만나는 게……."

　"그건 나중에 얘기해요. 약속이 늦어서 먼저 갈게요."

　보희는 약간 어눌해 보이는 남자의 말을 가볍게 받으며 먼
저 강의실을 나왔다.

　그런데 방금 전에 남자에게 웃으며 말하던 보희의 얼굴이
한순간에 차갑게 변했다.

'하! 웃겨서, 정말! 겨우 구내식당이나 갈 거면서 왜 매번 물어보는 거야? 아직도 자기 주제 파악이 안 되는 모양이지?'

아마 보희에게 말을 건넸던 남자는 그녀의 이런 마음을 절대 눈치채지 못하고 있을 것이다.

보희는 원래 서울 출신이었다. 늘씬하고 큰 키에 비싼 명품과 액세서리를 스타일 있게 꾸미고 다니는 그녀는 자신의 과에서 꽤 인기가 많았다.

원래 아름다운 외모를 가지고 있었고 자신에 대한 투자를 아끼지 않는 보희에게 조금이라도 관심을 가지지 않을 남자는 없을 것이다.

보희는 대학교 정문을 향해 걸어가며 휴대폰을 꺼내 누군가에게 전화를 걸었다.

"어, 나야. 지금 나가고 있으니까 먼저 가서 자리 잡고 있어. 금방 도착할 테니까."

자신이 할 말만 마치고 전화를 끊는 그녀의 모습은 도도함이 온몸에 흘렀다.

대학교 정문을 나온 보희는 약속 장소로 걸어가는 도중에 사람들이 몰려 있는 것이 보였다. 정확히는 여자들이 잔뜩 몰려 있었다.

여자들 틈으로 언뜻 보이는 것은 다름 아닌 비즈 공예로 만든 액세서리였다.

보희 역시 여자인지라 액세서리에 관심이 대단히 많았다.
하지만 그녀의 관심에 이렇게 노점상을 하는 싸구려 비즈 공
예는 관심의 대상이 아니다.

그래도 걸어가며 가판에 있는 액세서리를 눈에 담는 것은
여자의 본능 때문일 것이다.

키가 큰 보희는 군이 여자들 틈에 끼어들지 않고 까치발을
해도 가판대에서 판매하는 액세서리를 모두 볼 수 있었다.

액세서리를 확인한 보희의 얼굴에 숨길 수 없는 조소가 스
쳐 갔다.

'뭐야? 완전히 말도 안 되는 물건들이잖아. 그런데 가격
이… 팔찌가 2만 원이고 목걸이가 4만 원? 완전 어이가 없
네.'

액세서리를 좋아하는 보희는 한눈에 지금 판매되는 물건
이 얼마나 조악한 수준인지 알아차렸다.

'대전이면 시골도 아닌데 얘네들은 왜 이러고 있는 거야?'

이런 조악한 수준의 액세서리를 보고도 눈에 불을 켜며 액
세서리를 만지작거리고 착용해 보는 여자들을 이해할 수 없
다는 눈으로 흘겨봤던 보희는 이내 자신이 원래 가려던 약속
장소를 향해 걸어갔다.

그런데 액세서리를 팔던 가판대를 떠나서 걸어가는 보희
의 머릿속에 방금 전에 봤었던 액세서리가 계속 떠올랐다.

'정말 조악한 수준이었어. 그 정도는 차라리 내가 만들 수 있을 것 같다니까. 그런 게 2만 원? 웃겨!'

액세서리에 대한 생각을 털어버리고 걸어가는 보희의 뇌리에 다시 액세서리에 대한 생각이 떠올랐다.

'그런데 조금 특이하게 생긴 비즈도 있었던 것 같던데…….'

'2만 원은 비싸지만… 그 비즈라면 하나쯤은 가지고 있어도 괜찮을 것 같아. 내 품격에는 맞지 않지만, 가끔 외도를 하는 그런 기분이라고 할까?'

'아까운 건 아닌데… 얼마 전에 집에서 용돈을 보내줬으니까 그 정도는 살 수 있지 않겠어? 그러면 일단 밥을 먹고 돌아오는 길에 사볼까?'

'그런데… 혹시 없으면 어쩌지? 다 팔려 버리면?'

보희의 걸음이 멈췄다. 하지만 다시 걸음을 옮기기 시작했다.

'다 팔리면 어쩔 수 없는 거지. 내가 저런 물건을 사려고 다시 돌아갈 리가 없잖아.'

몇 걸음을 걸어가던 보희의 심장이 조금씩 빠르게 뛰면서 뇌리에 자신의 심장 소리가 들리는 것 같았다.

두근! 두근! 두근!

보희의 걸음이 다시 멈췄다. 이번에는 잠시 멈춘 것이 아니라 바로 몸을 돌려 걸어가기 시작했다.

'그냥 액세서리를 먼저 사고 밥을 먹으면 되지, 뭐.'

평소처럼 걸어가던 보희의 걸음이 점차 빨라지기 시작하더니, 나중에는 거의 뛰듯이 변했다.

멀리 액세서리를 판매하는 가판대가 보였다. 그곳에는 그 사이 사람이 더 늘었는지, 아까보다 거의 두 배에 가까운 여자들이 몰려 있었다.

그것을 본 보희는 마음이 조급해졌다.

사람들을 헤치며 파고든 보희가 액세서리를 손에 쥐기 위해서 몸싸움을 벌이는 수준으로 사람들을 밀어내며 앞으로 나갔다. 평소에 스타일을 생각해 사람이 몰리는 곳에 가지 않던 그녀의 모습은 찾아볼 수 없었다.

"아… 아저씨, 팔찌하고 목걸이 주세요. 빨리요!"

팔락! 팔락! 팔락!

창준은 자신의 손으로 돈을 세어 넘기는 소리를 들으면서 입이 찢어져라 벌어졌다.

'174만 원! 대… 대박! 이 사랑스러운 놈!'

부들거리는 손으로 돈뭉치를 들고 있던 창준은 비명이 나오려는 입을 간신히 막으며 방바닥에 드러누워 발버둥 쳤다. 발버둥이라도 치지 않으면 너무 기분이 좋아 비명이 튀어나올지도 모르기 때문이다.

이대로 계속 만들어서 팔면 엄청난 거금을 모으는 것은 그리 어려운 일이 아닐 것이다.

자리에서 벌떡 일어난 창준은 머릿속으로 향후 수입에 대하여 계산을 하기 시작했다.

'일단 내가 하루에 만들 수 있는 액세서리 숫자가… 대략 30개 정도는 가능할 것 같은데.'

창준이 만드는 액세서리는 기초적인 물건들이기에 겨우 초보자 수준인 창준이라고 하지만, 그가 하루 작정하고 생산을 하면 더 많이 만드는 것도 가능하다.

하지만 단순히 만드는 것으로 끝나는 것이 아니고, 마법진을 각인해야 하는 과정 등이 있기에 안정적인 하루 생산량은 30개 정도로 잡는 것이 맞았다.

'마법진을 각인하고 꼭 확인을 다시 해야 되니까 시간을 많이 잡아먹네.'

스탬프 마법으로 각인하는 것은 성공하고 있다지만, 그렇다고 능숙하게 사용하는 것이 가능한 것은 아니었다.

대략 30개를 만들면 아직 불량이 두세 개는 나오고 있었다. 물론 이제 겨우 스탬프 마법을 사용하는 사람치고는 대단히 높은 성공률이고 다른 마법사들은 까무러칠 일이지만, 창준은 이 두세 개의 불량을 잡기 위해서 소모하는 시간이 대단히 아까웠다.

이건 창준도 어쩔 수 없었다. 아마 나중에 능숙히 사용이
가능하면 불량도 없어질 것이라 생각했다. 그것은 사실이었
고 말이다.

어쨌든 하루에 30개를 만들 수 있는 창준은 팔찌와 목걸이
를 절반의 비율로 만들었다. 가격을 생각하면 당연히 4만 원
짜리 목걸이를 만들어야 하지만, 그렇다고 목걸이만 진열할
수 없는 일 아닌가.

'그렇게 계산했을 경우… 한 달에 2,700만 원!'

간단한 계산을 마친 창준은 도저히 믿어지지 않는 돈에 간
단한 계산이 틀렸는지 몇 번이나 다시 계산했다.

물론 정확히 이렇게 벌리지는 않을 것이다. 사정에 의해서
장사를 포기하는 날도 있을 것이고, 비가 와서 손님이 없는
날도 있을 테니까.

이런 변수를 크게 잡아도 한 달에 2,000만 원을 벌 수 있다
는 추측할 수 있다.

창준의 얼굴에 힘없는 미소가 생겼다. 너무 대단한 금액에
환희를 뛰어넘어 허탈한 웃음이 나오는 것이다.

'하하… 한 달만 장사를 해도 연봉이 나오네…….'

고졸인 창준이 회사를 들어가게 되면 받을 수 있는 연봉은
뻔하다.

국내 유수의 대기업 생산직을 들어가거나 일부 특수한 경우를 제외하고, 일반적으로 고졸 출신이 받는 연봉은 대략 1,800만 원에서 2,000만 원 선이다.

그런데 겨우 한 달 장사를 하면 2,000만 원의 수익을 얻을 수 있다니 입이 벌어져서 다물어지지 않았다.

창준은 정신을 차리고 다시 계산을 했다.

'그러면 한 달에 약 2,000만 원의 수익이 생긴다고 계산하면서 포션을 만들기 위해 1억을 모으려고 하면… 최소 다섯 달은 걸리는군. 내가 기억하기로 어머니가 건강검진을 받았던 게 10월경이니까… 시간이 모자라다…….'

포션을 제조하는 실험을 하고 하려면 약 한 달의 시간이 필요하다. 그러면 창준이 모든 물건을 구입하는 날짜는 8월 말까지는 완료가 되어야 했다.

지금이 4월 말이니 이제 남은 시간은 겨우 네 달이다.

기뻐했던 것도 잠시, 계산을 마친 창준은 얼굴을 찌푸렸다.

지금 상태로는 절대 원하는 금액을 모을 수 없었다. 뿐만 아니라, 창준은 '마나를 머금은 돌'이라는 미지의 물건이 어떤 것인지 찾아야 했으니 더욱 시간은 모자라게 된다.

'돈을 더 빨리 벌 수 있는 방법이 필요한데…….'

가장 먼저 생각나는 것은 액세서리를 더욱 많이 파는 것이다.

하지만 현재 상태에서는 최소한 창준이 마법진을 불량이 없도록 만들기 전에는 시간을 줄일 수 없다. 그것만 가능하게 된다면, 하루에 몇 십 개도 가능할 것이다.

과연 그게 언제가 될지는 모른다. 그렇다고 대충 할 수도 없다.

이미 본래 위력을 발휘하는 매혹 마법진이 어떤 상황을 만드는지 은미를 통해서 봤다. 만약 실수로 마나 출력이 높은 물건이 만들어지면 누군가가 큰 상해를 입을지도 모른다.

흔히 사람들이 말하는 저주 받은 물건이라는 것이 바로 자신의 손으로 만들어지는 것이다.

'그러면… 내가 직접 만드는 시간을 줄이면 어떨까?'

자신이 만드는 비즈 공예의 수준은 지극히 단순하고 초보적인 기초 단계다. 그러니 대체할 수 있는 사람은 쉽게 구할 수 있을 것이다.

지금 당장 창준의 머릿속에 떠오르는 사람도 있었다.

'그러고 보니… 은미 친구 중에 비즈 공예를 하는 친구가 있다고 했었지!'

창준은 방에서 나와 은미 방으로 향했다.

"은미야, 들어간다."

은미의 대답도 기다리지 않고 방으로 들어가자, 책상에 앉아서 공부를 하고 있던 은미가 돌아봤다.

"노크 좀 하고 들어오라고 했지!"

평소에 별말을 하지 않던 은미였는데, 저번에 있었던 일 때문인지 요즘 까칠한 상태였다.

"들어간다고 했잖아"

"그러면 들어오라는 대답을 듣고 들어왔어야지!"

"에이… 평생을 이렇게 열고 들어왔는데……."

"내가 옷이라도 갈아입고 있었으면 어떡할 뻔했어?"

"안 갈아입고 있었잖아. 그런 사소한 얘기는 나중에 하고, 내가 지금 중요하게 물어볼 게 있거든"

창준이 넉살좋게 대답하자 은미가 새침하게 째려봤다.

"뭔데?"

"너 친구 중에서 비즈 공예 하는 친구 있다고 했었지? 그 친구를 좀 만나고 싶은데"

은미는 창준의 말에 묘한 시선으로 그를 바라봤다.

"오빠 요즘 비즈 공예에 왜 그렇게 관심이 많아? 혹시… 장사라도 하려고?"

"아직 정한 것은 아니고, 알아보는 중이야"

창준은 은미의 말에 부인하지 않았다. 어차피 나중에는 알려질 일이다. 액세서리를 팔려면 사람이 많은 곳으로 가야 하고, 그런 곳에 은미나 다른 친구들이 나타나지 않으리라는 보장은 없었으니까 말이다.

"진짜? 진짜로 장사를 해보려고?"

"그럼 가짜로 하겠어?"

"돈은? 돈이 있어야 시작할 수 있잖아"

"걱정하지 마. 설마 돈도 없이 시작하려고 하겠냐? 장사자금은 이미 군대에서 다 마련했다."

이미 성공이 확실하기 때문에 자신만만하게 대답하는 창준이지만, 은미는 그런 창준이 불안하기만 했다.

장사라고 하는 것이 쉽지 않다는 것은 고등학생인 은미도 잘 알고 있다. 특히 비즈 공예는 더욱 그렇다.

초기 접근이 용이하기에 취미로 시작했다가 가볍게 인터넷으로 장사를 했던 친구들도 있었다. 하지만 그 친구들의 경우, 결국 한 달에 몇 만 원 버는 선에서 장사를 접을 수밖에 없었다.

이런 상황이니, 비즈 공예 초보자인 창준이 장사를 한다는 것에 불안함을 느낄 수밖에 없었다. 아니, 그런 선례를 보지 않았더라도 불안했을 것이다.

자신을 위해서 많은 것을 포기한 오빠이기에 창준이 하는 모든 일이 잘되기를 바라는 것은 당연했다.

"왜? 그 친구하고 친하지 않아?"

은미가 침묵하고 있자 창준이 혹시 서로 사이가 안 좋은 것은 아닌가 생각하며 조심스럽게 물었다.

"아니야. 내가 말하면 만나줄 거야"

"그럼 됐네. 그러면 내일 너희 학교가 끝나고 만나기로 하자."

"…알았어."

"오케이! 그러면 나도 준비를 해야지."

창준은 활짝 웃으며 방에서 나갔다.

그가 나가는 것을 지켜보는 은미는 차마 창준이 장사하는 게 불안하다는 말을 하지 않았다. 단지 마음속으로 창준이 하는 모든 일이 잘 풀리기를 기도할 뿐이다.

"여기서 만나기로 한 거 맞지?"

"그렇다니까."

은미는 창준의 물음에 그만 물어보라는 말투로 대답했다.

학교에 갔다가 돌아온 은미는 소개해 줄 친구와 약속을 했다며, 창준과 같이 약속장소인 이곳에 나온 것이다.

가게에 있는 사람들을 둘러본 은미는 찾는 사람이 없자 창준에게 말했다.

"아직 안 온 것 같은데."

"그래? 그러면 우리끼리 먼저 먹고 있자."

창준이 카운터가 있는 곳으로 걸어가려고 하자 은미가 서둘러 그의 팔을 잡았다.

"잠깐! 여기서 커피를 먹으려고? 여기 커피 엄청 비싸!"

커피전문점에서 파는 커피가 얼마나 비싼지는 창준도 잘 알고 있다. 하지만, 사랑하는 동생에게 겨우 커피 한 잔도 사 주지 못할 정도로 빈곤하지 않다. 아니, 오히려 지금은 이 정도 돈을 사용하는 것에 전혀 부담이 없었다.

'아무래도 어머니 드릴 포션 제조만 마치면 이 녀석 용돈 좀 두둑이 줘야겠다. 이렇게 아끼다가 구두쇠 소리 듣겠어.'

이런 말을 하는 은미를 보고 창준이 생각했다.

"오빠가 이 정도는 사줄 수 있으니까 걱정 말고 따라와."

"그, 그치만……."

망설이는 은미를 두고 카운터에 다가가자 주문을 받는 여자가 상냥하게 웃으며 물었다.

"어서 오세요, 어떤 것을 드릴까요?"

"저는 카페모카 아이스로 주시고요, 너는 뭐 먹을래?"

이미 주문을 하고 있는 창준을 보고는 은미가 슬그머니 다가와 메뉴판을 보다가 평소에 먹고 싶었던 커피를 시켰다.

"카라멜 마끼아또 주세요."

"카페모카 아이스하고, 카라멜 마끼아또는 어떻게 드릴까요?"

"뜨, 뜨겁게요."

직원의 말에 은미가 서둘러 대답했다. 은미는 몇 백 원이라도 아끼려는 마음에 아이스를 시키지 않았다.

사람이 별로 없어서 커피는 바로 준비되어 나왔다.

창준은 커피를 들고 빈자리에 앉아서 은미를 타박했다.

"평소에 고양이 혀라고 말하고 다니면서 왜 뜨거운 걸 먹는 거야?"

"워, 원래 커피는 뜨겁게 먹는 거거든!"

"거짓말하고 있네. 나중에 이 오빠가 장사가 잘되면 용돈 두둑이 줄 테니까, 이런 것도 사먹고 네 나이에 맞게 놀아라. 보는 내가 미안해진다."

"흥! 그건 장사나 성공하고 말씀하시지!"

창준의 말에 똑 쏘아준 은미는 시선을 외면하며 커피를 마셨다.

달콤한 카라멜 마끼아또에 금방 기분이 풀렸는지, 은미의 얼굴에 미소가 떠올랐다. 그것을 보는 창준은 피식 웃으며 다시 한 번 성공해야겠다고 다짐했다.

두런두런 소소하게 얘기하고 농담을 하던 은미가 가게에 들어서는 사람을 보고 손을 들어 보였다.

"수연아! 여기, 여기!"

창준은 은미가 신호를 보내는 것을 보고 지금 들어온 수연이라는 사람이 은미의 친구라는 사실을 알았다.

은미를 보고 다가오는 수연을 보는 창준은 슬쩍 놀랐지만,

겉으로 그것을 드러내지는 않았다.

수연은 꽤 깔끔하게 생긴 외모와 다르게 온몸에 온갖 액세서리를 주렁주렁 매달고 있어서 누구든지 그녀를 보면 조금 당황한 시선을 보낼 수밖에 없었다. 그나마 다행인 것은 온몸에 매달린 액세서리들이 꽤 센스 있어 보여서 개성이 강해 보인다는 점이다.

"왜 이렇게 늦었어?"

"여기 우리 집에서 멀어. 그리고 샘플 챙겨오라면서"

찬바람이 일어날 정도로 냉정하게 대답하는 수연의 모습을 보니 그리 대인관계가 좋을 것 같지 않았다.

"인사해, 우리 오빠야"

"안녕하세요."

"이름이 수연이라고 했지? 만나서 반갑다."

창준이 최대한 좋은 인사를 주기 위해서 따뜻하게 웃으며 말했다. 그런데 창준의 인사를 들은 수연은 눈에서 한기를 토해낼 정도로 싸늘하게 변했다.

"사업 얘기를 하려고 만난 것 아닌가요? 제가 은미와 친구 사이고 나이도 어리지만, 이렇게 대뜸 반말로 말하는 것은 그리 기분이 좋지 못하군요."

"엉? 그, 그렇지… 요. 미안합… 니다."

창준이 당황하여 대답하자 은미가 냉기를 토해내는 수연

의 얼굴로 손을 가져가 양쪽 뺨을 잡아당겼다.

"내가 그렇게 말하지 말라고 했지!"

"아파, 그만 잡아당겨."

은미가 뺨을 잡아당기는 장난을 치자 수연의 얼굴에 흐르던 냉기도 사라졌다. 아무래도 평소에 둘이 이런 식으로 지내는 모양이었다.

"내가 잘못한 거야, 은미야. 일단 처음부터 실례를 저질렀군요. 다시 한 번 인사를 드리지요. 이번에 비즈 공예 장사를 하려고 하는 김창준입니다. 은미의 오빠가 되기도 하지요."

창준의 인사에 수연은 고개를 작게 끄덕이며 얼굴에 남아 있던 냉기를 모두 걷어냈다.

"그러면 일 얘기를 하기 전에 먼저 가져오신 샘플을 볼 수 있을까요?"

수연은 창준의 말에 등에 매고 있던 가방에서 도시락만 한 상자를 꺼내 창준에게 밀었다.

상자를 받은 창준이 뚜껑을 열어서 안에 있는 비즈 공예품을 보는 순간, 눈이 왕방울처럼 커졌다.

상자 안에는 몇 가지 반지와 목걸이 핀과 같은 액세서리가 있었다. 그런데 그 수준은 창준이 낚싯줄에 구슬을 끼우는 형태와 비교도 할 수 없었다.

예를 들면 목걸이 같은 경우, 화사한 꽃잎처럼 만들어져 있는데, 조그만 녹색과 붉은색 비드가 조화를 이루며 가운데 몰려 있고, 금색 꽃잎이 주위를 수놓고 있는 게 여간 비범해 보이지 않았다.

흔히 말하는 전문가의 손길이 닿은 작품이라고 부를 정도였다.

수연이 만든 비즈 공예품을 보는 창준은 자신이 비즈 공예에 대해서 대단한 착각을 하고 있었다는 사실을 깨달았다.

"허… 이게 진짜 비즈 공예란 말이야?"

창준은 자신의 입에서 흘러나오는 말을 막을 수 없었다.

"그게 무슨 말인가요? 그러면 비즈 공예를 본 적이 없었어요?"

"아니… 인터넷에서 보기는 봤지만… 이런 세공품 수준일 거라고 생각하지는 못했죠."

수연은 멍하니 액세서리를 보는 창준을 보다가 고개를 돌려 은미를 바라봤다.

"뭔가 우리 사이에 소통의 문제가 있는 모양인데. 아무리 봐도 이분은 비즈 공예에 대해서 아무것도 모르잖아."

"내가 말했잖아. 오빠가 비즈 공예는 잘 모르고 장사만 하려고 하는 것 같다고."

"그래도 장사를 하려면 최소한 안목에서는 전문가라고 할 정도는 돼야지."

감탄한 눈으로 액세서리들을 살펴보던 창준은 수연이 은미와 하는 말을 듣고 할 말이 없었다.

단순히 인터넷 검색을 통해서 나온 정보를 가지고 비즈 공예를 우습게 봤던 죄를 망신으로 톡톡히 치루고 있는 것이다.

"죄송합니다, 제가 할 말이 없네요."

아까는 조금 어색하게 말을 했지만, 지금 창준의 존댓말은 상대에 대한 약간의 존경심도 담겨 있었다.

수연은 창준의 말에 담긴 감정을 읽었는지, 더 이상 말하지 않고 자신의 창작품을 가리키며 말했다.

"제 아이들은 어떤가요?"

"최고입니다! 이건 작품이라고 불러도 될 것 같네요."

창준의 말은 과장이 아니었다. 대단히 아름답게 만들어진 공예품이기에 비싼 가격에 판매를 할 수 있을 것 같았다.

문제는 이 정도 공예품을 단순히 가판대 판매를 하기 미안할 정도라는 것뿐이다.

"물어볼 게 있는데, 이 정도 공예품은 만드는 시간이 얼마나 걸립니까?"

"구상하고 만드는 것까지 하면 일주일에 대여섯 개는 만들 수 있을 거예요."

창준의 얼굴이 살짝 굳었다.

어쩌면 당연한 대답일 수도 있다. 이런 물건을 하루에 몇 십 개씩 쏟아낼 수 있는 사람이 얼마나 되겠는가.

수연이 만든 공예품은 솔직히 너무 탐이 나는 수준이다. 이 정도 물건이라면 아마 마법진이 없어도 쉽게 팔려 나갈 수준일 것 같았다.

지금 창준에게 필요한 것은 자신이 만드는 것보다 좋은 수준의 대량 생산을 원하고 있으니 매치가 되지 않는다.

하지만 작품이라고 부를 정도의 공예품을 팔고 싶은 마음도 들었다. 이런 예쁜 액세서리는 아주 고가에 판매가 될 것이기 때문이다.

수연은 창준의 표정을 보고 뭔가 그가 생각하는 것에서 벗어난 어떤 것이 있다는 것을 느꼈다.

"무슨 문제가 있나요?"

"그런 건 아니고… 저는 약간 대량의 물건을 공급받는 부분에 대해서 생각하고 나왔는데, 생각과 다르게 작품 수준이 나와서…….."

"그러면 계약은 못하는 것이겠군요."

창준은 순간적으로 생각을 마쳤다.

아무리 미리 생각하지 못한 상황이지만, 이런 물건을 지속적으로 일주일에 두세 개씩 공급받을 수 있는 좋은 기회를 놓치기는 싫었다.

"아닙니다, 계약하겠습니다."

"…생각하던 것과 다르겠지만, 저는 물건 떼어가는 식으로 대량 판매를 하지 않는데요."

"그건 아쉽지만, 이런 공예품을 놓치면 후회할 것 같습니다. 일단 이 공예품은 확보하고, 다른 방식으로 판매를 해야 할 것 같군요."

창준의 말에 수연은 고개를 끄덕였다.

계약을 하기로 정한 이후, 세부 사항 조정이 들어갔다.

일단 안정적인 공급을 위하여 일주일에 다섯 개의 공예품을 보내주기로 하였고, 창준은 이 공예품을 판매하고 나온 이익의 20퍼센트를 지급하기로 했다.

원래 이 부분은 일정의 금액을 지불하고 사오는 형식으로 하고 싶었지만, 수연은 그 생각에 반대하고 이익에 대한 일부를 챙기는 방식을 요청한 것이다.

창준이 생각한 방식은 구매자가 어떻게 판매하냐에 따라 소득이 증가하기 때문에 비싸게 팔렸을 경우 창준에게 이익이 커진다. 하지만 반대로 싸게 팔렸을 경우에는 손해가 심해진다.

물론 창준은 비싸게 팔 방법이 있기에 완전 구매를 생각했다. 그런데 수연은 창준이 비싸게 팔 것이라는 사실을 믿는지 이익 중에 일부를 얻는 방식을 요청했다.

창준은 약간 아쉽다는 생각도 들었지만, 이내 그런 마음을 버렸다.

대략적인 협의가 끝난 두 사람은 합의한 내용에 대해서 창
준이 계약서를 작성해 오고, 계약서를 받는 자리에서 지금까
지 수연이 만든 물건을 받는 걸로 정했다.

지루한 협상이 끝나자 창준은 심리적으로 녹초가 되었다.
몸은 움직이지 않아도 머릿속으로 숫자 계산을 열심히 하는
일이기에 심력 소모가 심했다.

그런데 그에 반해 수연은 이런 계약이 익숙한지 별로 드러
나는 것이 없었다.

"계약을 많이 해보셨나 봐요."

"많이 해보지는 않았어요. 그리고 이런 규모가 큰 계약을
해본 적도 없고요. 원래 해외에 있는 몇몇 아는 사람을 통해
서 교환이나 판매를 했었어요."

"해외에 직접 판매를?"

이제 겨우 고등학생인 수연이 해외에 물건을 팔았다는 말
에 창준이 놀란 표정을 지었다.

"직접 판매는 아니에요. 우연히 비즈 공예를 하는 사람들
끼리 연락하는 모임에 들어가게 되었는데 거기서 알게 된 사
람들과 인터넷을 통해서 가끔 거래했었어요."

"그래도 아직 학생인데 해외에 공예품을 팔았을 정도면 인
정을 받았다는 거죠"

"…제 꿈이 금속공예사와 비즈 공예가니까 이 정도는 해야 되죠"

겉으로 드러내지 않으려고 하는 것 같지만, 워낙 무표정한 얼굴이어서 약간의 변화도 상당히 드러났다. 지금 수연은 자부심과 약간의 쑥스러움이 섞여 보였다.

고등학생이란 신분에 어울리지 않게 냉정한 프로 같아 보이던 수연이 처음으로 그 나이대의 모습으로 보였다.

수연이 보인 모습은 금방 사라졌고, 다시 냉정한 모습으로 돌아와 창준에게 물었다.

"사실 계약 말고 물어보고 싶은 게 있어요."

"이제 사업 파트너라고 할 수 있는데, 뭐든지 부담 갖지 말고 물어봐요."

창준이 편하게 웃으며 하는 말에 수연은 은미의 손목에 걸려 있는 팔찌를 가리켰다.

"저 비드는 따로 세공한 거죠?"

은미의 손목에 걸려 있는 것은 얼마 전에 창준이 실험용으로 만들었던 바로 그 팔찌였다. 수연은 그 팔찌 중에서 마법진이 각인된 비드를 가리키는 것이다.

잘못한 것은 없지만, 딱 그것을 가리키는 수연의 말에 살짝 몸을 움찔했다.

"맞… 는데 왜 그러죠?"

"어디서 세공을 했나요?"

눈을 반짝이며 물어보는 수연의 모습은 추궁하는 것이 아니었다. 단지 자신이 만드는 공예품 재료에 사용했으면 하는 마음인 것이다.

"그건… 세공을 해준 사람과 약속을 해서 알려 드릴 수 없습니다."

"…아쉽네요."

그래도 할 수 없다. 비즈 공예도 잘 모르던 자신이 만들었다고 할 수 없지 않은가.

하지만 이건 창준에게도 나쁜 얘기가 아니다. 어차피 고가에 팔기 위해서는 수연이 주는 공예품에 마법진을 펼쳤어야 하니까.

"세공에 필요한 세공된 비드가 필요하면, 어떤 비드가 몇 개 필요한지 말씀하세요. 어차피 저와 독점 계약된 사람이니 원하는 만큼 얻을 수 있어요."

"정말요?"

냉정한 얼굴에 확연하게 드러나게 반색을 하며 수연이 물었다.

"당연하죠! 말했듯이 우린 사업 파트너라니까요. 그리고 그 재료를 가지고 더 아름다운 공예품을 만들어준다면 저로서는 나쁠 게 없는 일이죠. 대신 세공은 내부만 가능하고 외부는 불가능합니다."

"그건 상관없어요. 외부는 제가 직접 할 수 있으니까요. 그러면 다음에 계약을 하려고 만날 때, 재료를 가지고 올게요."

"알겠습니다. 계약서가 만들어지면 바로 연락을 드릴게요."

"이제 끝났어?"

창준과 수연이 협의가 끝나자, 옆에서 따분한 표정으로 앉아 있던 은미가 반색을 하며 물었다.

"그래, 끝났다."

"그러면 빨리 집에 가자. 나 배고파!"

수연은 말없이 갈 준비를 하다가 창준에게 물었다.

"그런데 대량으로 비즈 공예품을 받을 방법은 찾았나요?"

"이제 찾아봐야죠."

"어떻게 찾아보실 건데요?"

"글쎄요… 일단 인터넷을 중심으로 찾아보는 방법밖에는 생각이 안 나네요."

창준의 말에 수연은 잠시 그를 바라보다가 무심히 말했다.

"제가 알아봐 드릴게요."

"어? 아시는 분이라도 있습니까?"

"말했듯이 같은 계열에 계신 분을 몇 명 알고 있어요. 아마 적당한 사람은 찾을 수 있을 거예요."

"감사합니다! 다행히 맨땅에 헤딩하는 일은 없겠네요. 하하!"

수연은 한시름 놨다는 얼굴로 웃고 있는 창준을 보다가 고개를 숙여 인사를 했다.

"그럼 나중에 다시 뵙는 걸로 하고 먼저 가볼게요."

"네, 조심해서 들어가세요."

"내일 학교에서 봐!"

창준과 은미의 인사를 받으며 수연은 가게를 나갔다.

한 사람을 만난 것으로 여러 가지를 한 번에 얻은 창준은 얼굴은 대단히 밝았다.

'이제 한 걸음 내딛었다. 앞으로 준비할 게 많아. 일단 자금을 먼저 모아서……'

"오빠, 빨리 가자니까."

"알았어, 가자!"

가만히 서서 생각을 하고 있는 창준의 팔을 잡고 은미가 잡아끌자 창준은 하던 생각을 멈추고 그녀를 따라 가게를 나섰다.

'잘하면 시간을 맞출 수 있겠어!'

CHAPTER
06

상경

ALCHEMIST

수연과 만난 이후로 창준은 이것저것 알아보는데 바빠져서 더 이상 함각산으로 수련을 떠나기 힘들게 되었다.

하지만 외견상으로는 누가 봐도 지금이 더 게으름 피우는 것으로 보이는 게 웃기는 일이다.

액세서리를 준비하고 판매하는 시간을 제외하고 남은 시간은 인터넷으로 이것저것 알아보는 것으로 바빠졌다. 창준이 알아보는 것들은 나중을 위한 준비 과정이다.

먼저 비즈 공예에 대해서 더 많은 정보를 찾아 돌아다녔다. 단편적인 지식만 있던 창준이 수연에게 일침을 받은 것이 계기가 되었다.

수연의 지적은 대단히 적절했다. 사실 물건을 파는 사람이 그 물건에 대해서 잘 모른다면 대체 누구에게 그 물건을 팔 수 있겠는가.

물론 창준은 마법진의 도움을 받기 때문에 그럴 필요가 없을 수도 있지만, 그런 안일한 태도에 스스로 경종을 울려 더 많은 공부를 찾아서 하는 중이다.

두 번째는 판매 방식을 개선하는 것이다.

지금은 누가 보더라도 무허가 노점상이다. 그리고 창준은 자신이 무허가 노점상이라는 것을 부인할 정도로 낯짝이 두껍지 않다.

수연이 주는 공예품과 같이 비싸게 팔 수 있는 제품은 이런 노점상과 어울리지 않는다. 그리고 향후 액세서리를 공급받게 되면 크게 장사를 해야 했다. 그래야만 목표 금액에 도달이 가능했다.

그래서 창준이 요즘 찾는 것은 서울의 부동산 정보다. 정확히 말하자면 홍대 쪽 부동산이라고 해야 할 것이다.

창준이 판매하는 공예품은 귀금속이 아니었다. 이런 공예품은 아무래도 청년들이 많이 사게 마련이고, 청년들이 많이 모이는 곳은 홍대, 강남, 혜화 등이 유명하다.

인터넷을 하면서도 창준의 머릿속은 계산하기 바빴다.

'홍대 쪽 조그만 점포 하나 마련하는데 목이 좋은 곳은 보증금 3,000만 원에서 4,000만 원 정도에 월세가 한 달에 거의 200만 원이네……. 여긴 무리다.'

창준은 사람들의 유동이 가장 많은 곳에 나온 부동산을 확인하며 깔끔하게 포기했다.

다른 사람들이라면 이리저리 계산을 해보면서 수익을 낼 수 있을지 확인부터 해보겠지만, 창준에게는 불필요한 일이었다.

창준은 서울에서 가게를 만드는 자금을 2,500만 원 이내로 잡았다.

물품을 구입할 돈을 제외하고 보증금에 사용할 수 있는 돈은 최대로 잡아야 1,500만 원이다. 남은 1,000만 원은 가게에 진열할 액세서리를 준비해야 하고, 인테리어를 꾸미는 데 사용해야 한다.

'권리금이 들어갈 정도로 목이 좋은 액세서리 가게는 필요 없어.'

물론 그런 곳을 들어가면 더 빨리 자리 잡을 수 있겠지만, 그걸 위해서 권리금으로 몇천만 원이란 거금을 지불하려면 시간이 모자라다.

권리금이라는 것은 이전에 입점해 있던 임차인이 시설비, 영업권 등을 보상받으려고 산정한 금액을 말한다.

예를 들면, 액세서리를 판매하기 위해서 만든 가판대를 새로운 임차인에게 양도하고, 기존 이 가게를 찾아오던 고객을 흡수하기 때문에 그에 대한 일정한 보상을 말하는 것이다.

창준은 이런 권리금을 지불하면서 수천의 돈을 낭비할 여력이 없었다. 최대한 빨리 서울로 올라가기 위해서 딱 필요한 금액만 마련하면 바로 서울로 가려고 준비 중이기 때문이다.

얼마나 최소로 잡은 것이냐면 서울에서 머물 숙소를 잡으려고 계산에 집어넣지도 않았다.

'잠은 가게에 간이침대라도 마련해서 버티면 돼.'

가게가 권리금을 주지 않아도 되는 외진 곳이라도 상관없었다. 마법진이 인챈트된 액세서리가 손님들을 그곳으로 데리고 올 것이라 확신하고 있었다.

이런 기준을 가지고 창준이 찾은 곳은 홍대 번화가에서 5분이나 떨어져 있는, 주택가와 경계에 있는 후미진 가게였다.

'크기는 11평 정도고, 보증금 1,200만 원에 월세 50만 원… 이 정도면 많이 싼 거네. 거리가 떨어져 있지만.'

액세서리 가게가 11평이라면 정말 어마어마한 크기다. 인테리어만 잘하면 일부를 나눠서 자신이 거주할 공간도 마련할 수 있을 것 같았다.

마음을 정한 창준은 인터넷을 보고 결정한 가게에서 가장 가까운 부동산에 전화를 걸어, 내일 바로 가게를 보러 간다고 했다.

이렇게 가게를 정하고 나니, 이번에는 인테리어를 할 곳을 검색해야 했다.

모르면 바가지를 쓰는 경우가 많다. 그것은 인테리어도 마찬가지다. 그나마 요즘은 비교 견적이라고 말하면 두세 군데에서 견적을 받아 많이 손해 보는 경우는 적었지만 말이다.

저녁까지 검색을 하고 창준이 알아낸 가격은 간판에 약 200만 원, 내부 인테리어 최소로 잡고 700만 원 선이다.

여기에 진열할 진열대를 찾았는데, 진열대가 의외로 대단히 비쌌다. 아마 인테리어 도면이 나와야 정확하겠지만, 대략 이것도 3, 400만 원은 나올 것 같았다.

한 달 동안 벌었던 돈을 거의 모두 부어야 준비가 끝날 것 같았다.

'돈이 모자랄 것 같아. 액세서리 살 돈도 없잖아. 에휴……'

이리저리 계산을 하면서 고민하던 창준은 결국 대출을 생각했다.

공식적으로 창준은 무직자였다. 물론 지금 노점을 하고 있지만, 허가받지 않은 장사였기에 서류에는 기입할 수 없다.

검색사이트에서 무직자 소액대출이라고 검색을 했더니 여러 가지 대출회사들이 나왔다.

'아무 곳에서나 대출을 받으면 안 돼! 그 늑대 같은 사채업자에게 당한 것으로 족하니까.'

검색을 한 창준은 대출을 할 수 있는 곳을 찾았다. 제2금융권이고 이자가 상당히 높지만 그에게 이 정도도 감지덕지였다.

'2,000만 원까지 대출이 가능하니까, 일단 필요한 돈만 정해지면 부족분은 대출을 받기로 하자.'

준비가 대충 끝난 창준은 그대로 의자에 늘어졌다.

숫자를 가지고 계산하는 것도 머리가 아프지만, 이런 돈 계산과 조사하면서 가격 비교하는 것은 대단한 심력을 소모한다.

'그러고 보니 덕현이가 서울에 있었는데 연락을 해야겠네.'

이제 서울로 간다는 생각을 하자 문득 서울에 있는 덕현이 떠올랐다.

다른 친구들에게는 거의 연락을 하지 않던 창준이 유일하게 연락하는 친구가 바로 덕현이었다.

그 이유는 덕현이 과거에 그를 유일하게 도와줬던 친구였기 때문이다.

사실 덕현과 창준은 그리 친한 사이가 아니었다. 고등학교 1학년 때 같은 반이기는 했지만, 그다지 많은 얘기를 나누던 사이는 아니었으니 말이다.

그런데 막상 창준이 그런 상황에 처하고 주변 친구들에게 도움을 요청했을 때, 적은 금액이지만 꾸준히 도와줬던 것은 덕현밖에 없었다.

그가 덕현에 대해서 아는 것은 서울에서 일을 하고 있고, 그 친구도 그리 부유한 형편이 아니라는 것뿐이다. 그런데도 그 친구는 창준을 꾸준히 도와줬다.

이렇게 생각하니 비록 어머니의 병을 고치는 데 전념하고 있었다고 하지만, 자신이 너무 무심했다는 생각이 들었다.

'이번에 한번 만나서 술이나 한잔하자고 해야겠다.'

덕현은 흔히 말하는 진국이라고 말하는 그런 사람이었다.

돈을 빌려주면서도 매번 전화해서 고맙다고 말하는 창준에게 이런 전화는 하지 말라고, 친구사이에 그런 말을 하는 것은 아니라고 하면서 자신에게 전화할 시간에 어머니에게 더 잘해 드리라고 말했었다.

나중에는 심지어 전화도 안 받고, 전화가 끊기면 문자로만 대답을 했다. 그러면서 덕현이 보냈던 문자가 아직도 기억났다.

—고맙다는 말은 필요 없고, 나중에 어머니 병이 완치되면 그때 전화해라. 술이나 한잔하자.

무던하면서도 정이 느껴지는 그 문자를 보고 창준은 아무런 말도 못하고 눈물만 흘렸다.

'나도 참… 몹쓸 놈이야.'

그렇게 감동하면서 고맙다고 할 때는 언제고, 이제는 다른 바쁜 일에 쫓겨서 그런 친구에게 연락도 제대로 못하고 있으니 할 말이 없다.

창준은 바로 전화기를 꺼내서 덕현의 전화번호를 찾아 통화 버튼을 눌렀다.

몇 번의 전화벨 연결음이 들리고 무던한 덕현의 목소리가 들렸다.

—무슨 일이냐?

무뚝뚝하게 대뜸 인사도 없이 말하는 모양새가 과거의 기억 속에 있는 그의 모습과 똑같았다.

"무슨 일이긴, 꼭 일이 있어야 전화를 하는 건 아니잖아."

창준은 자신의 속마음은 숨기고 농담 섞인 목소리로 대답했다.

—지금 일하는 중이라 길게 얘기 못해.

"그건 알고 있고, 나 내일 서울 가는데 저녁에 좀 보자."

—서울? 무슨 일인데?

"일단 나와. 내가 술 사줄 테니까."

―알았다, 무슨 일인지는 만나서 듣지. 지금은 내가 좀 바쁘다.

"그러면 내일 저녁 몇 시에 끝나는지만 말해."

창준은 덕현과 약속을 잡고 전화를 끊었다.

무뚝뚝한 목소리와 반응이었지만, 이런 덕현의 태도가 오히려 더 반가운 창준이다.

'내가 잘되면 너 하나는 끝까지 책임질 거다. 네가 베풀었던 건 돈으로 환산할 수 있는 게 아니었으니까.'

덕현은 어머니와 은미에 이어 창준이 지켜야 할 사람이었다. 그리고 무엇보다 믿을 수 있는 친구였고 말이다.

창준은 내일 덕현과 만날 생각을 하니 절로 즐거워졌다.

오후가 되어서야 서울 홍대에 도착한 창준은 부동산업자와 함께 인터넷으로 미리 가격을 봤었던 점포를 향했다.

홍대에 도착한 시간은 오후 4시경이었지만, 홍대에는 역시 사람이 많았다. 하지만 창준이 향하는 점포가 있는 곳으로 갈수록 사람들의 숫자는 줄어들었고, 점포에 거의 도착했을 때에는 걸어 다니는 사람들이 거의 보이지 않았다.

머리가 반백인 부동산업자는 조금 걸은 것이 힘들었다는 것처럼 다리를 두드리며 걸음을 멈추고 창준에게 말했다.

"여기가 말했던 점포요."

창준이 도착한 건물 1층에는 허름하지만 내부는 꽤 빈티지 느낌이 나도록 인테리어가 아기자기하게 되어 있는 커피점이 있었고, 건물 옆으로 2층으로 올라가는 계단이 있었다.

이중에서 창준이 본 곳은 바로 2층이다.

2층으로 올라가는 계단은 철제로 되어 있었는데, 그나마 부식되어 빨간 녹이 보이는 게 그다지 안전해 보이지 않았다. 거기다가 밖에서 보이는 창문들은 겨우 사람 머리만 해서 내부가 보이지 않아 답답해 보이니, 창준이 하려는 액세서리 가게에 최악으로 안 어울리는 장소였다.

액세서리와 같은 물건들은 최대한 사람들의 관심을 끌어야 하는데, 이런 구조라면 간판을 다는 것이 최대의 홍보일 것이다.

창준은 한숨이 튀어나왔다. 아무리 그가 자신감이 넘쳐도 이런 모습의 가게를 보니 암울했다.

"여기서 뭐하시려는 거요?"

"…액세서리 장사요."

"애… 액세서리 장사?"

부동산업자는 창준의 말에 뭐라고 말을 해야 할지 감을 잡지 못하겠는지 다시 되물었다. 아무리 부동산 거래를 성사시켜야 자신이 돈을 벌지만, 이런 상황에서 뭐라고 말을 해야 할지 감이 오지 않았다.

그러니 결국 부동산업자의 입에서 나오는 말은 이런 말밖에 없다.

　"다른 점포도 있는데, 한번 보시려우?"

　"여기하고 임대 가격이 같습니까?"

　"그렇진 않고… 조금 더 줘야지. 어디보자… 보증금 1,800만 원에 월세 80만 원인 곳이 있는데, 목이 아주 좋아. 권리금이 조금 더 들어가지만 원래 장사라는 게 투자를 해야 돈을 벌 수 있는 것 아니겠는가"

　그런 말은 창준도 할 수 있다.

　하지만 목이 좋은 곳에 들어간다고 다 성공하면, 세상에 망하는 사람이 어디 있겠는가?

　"안에 한번 들어가서 봐도 될까요?"

　"여기로 하시려고? 그러지 말고 내 말을 들으라니까. 나도 부동산만 몇 년을 했는데, 여기는 정말 팔고도 미안해서 잠이 안 올 것 같아서 그래."

　"일단 안에 좀 둘러보고요."

　"내 말을 듣는 것이 좋을 텐데… 쯧쯧!"

　창준의 말에 부동산업자는 들리지 않을 정도로 작게 혀를 차고는 먼저 철제 계단을 올라갔다. 부동산업자가 문을 열며 안으로 들어가자 창준이 그의 뒤를 따라서 들어갔다.

　내부의 모습은 의외로 그리 나쁘지 않았다.

액세서리 가게로 사용할 곳이지만, 꽤 넓은 내부는 이미 입주할 사람을 위해서 치워놨는지 깔끔했다. 남아 있는 것이라고는 남겨진 몇 개의 테이블뿐이다.

가게 내부를 보는 창준의 머릿속에 무언가가 그려졌다.

내부는 감각적인 디자인으로 꾸며지고 가판대에는 반짝이는 예쁜 공예 액세서리들이 전등 빛에 반사되어 아름답게 빛나고 있다. 그리고 그곳에는 자신이 수많은 손님에게 장사를 하고 있다.

이런 상상을 하니 창준은 슬슬 자신감이 붙어갔다.

'좋은 위치를 선점하는 것은 약간의 우위를 점하는 것일 뿐, 어차피 아이템으로 승부하는 일이지. 그리고 나는 정말 제대로 된 아이템이 있잖아.'

그리고 어차피 돈도 그리 많지 않다.

무리하게 돈을 끌어 모아서 시작하느니 차라리 이곳을 홍대의 명물로 만드는 것이 더 가슴 뛰는 일이다.

"어떤가? 다른 곳도 보여주는 게 좋지 않겠수?"

부동산업자는 창준이 할 말을 잊었다고 생각을 했는지, 다른 곳을 보여주려고 은근히 운을 뗐다.

"아니오, 여기로 하지요."

"아니… 진짜? 다시 생각하시는 게……."

"아닙니다, 저는 여기로 할래요. 어차피 그 정도 돈도 없거든요."

　부동산업자는 돈이 없다는 창준의 말에 더 이상 말을 하지 않았다. 대신 창준을 바라보는 그의 눈빛은 불쌍하다는 기색으로 바뀌었다. 그의 눈에는 이곳에서 절대 장사를 할 그런 곳이 아니었기 때문이다.

　하지만 어차피 부동산 업자에게는 남의 일이다. 당사자인 창준이 이곳을 임대하겠다고 하면 끝인 것이다.

　창준은 마음이 정해지자마자 집주인을 만나고 계약금을 치렀다. 나머지는 인테리어를 하려고 들어오면 지불하는 방식으로 하고 부동산업자의 중개 아래 계약을 마쳤다.

　누가 보면 미쳤다고 할 정도로 번갯불에 콩 구워먹는 식이다.

　계약을 마친 창준은 미리 덕현과 약속했던 고속터미널로 향했다. 홍대에서 시간을 꽤 많이 보냈고, 홍대에서 고속터미널까지 거리가 상당하였기에 도착을 했을 때는 하늘이 어둑어둑해질 무렵이 되었다.

　시간은 직장인들이 퇴근할 시간은 되었으나 덕현이 간혹 얘기하던 것을 생각하면 아직 퇴근할 시간은 아니다.

　'조금 기다리다가 8시쯤 되면 전화를……'

　"창준아."

　자신을 부르는 소리에 돌아보니 한쪽에 서 있던 덕현이 보였다.

과거에 마지막으로 그를 만났던 그 모습과 비교해서 전혀 변한 것이 없는 덕현은 키가 180은 넘었고, 외모도 수려하게 생겼다. 생각해 보면 덕현은 여자들에게도 꽤 인기가 많았었다.

덕현을 발견한 창준은 얼굴 한가득 미소를 지으며 반갑게 다가갔다.

"너 왜 이렇게 빨리 나왔냐? 회사가 야근을 많이 한다면서."

"오늘은 그냥 도망쳤어. 아무리 바빠도 대전에서 올라온 사람을 기다리게 할 수 있겠냐."

"짜식! 이렇게 기특한 모습을 보여주니 오늘은 내가 술 산다!"

"원래 네가 산다고 했잖아"

직접 만나는 것은 꽤 오랜만이었지만, 창준과 덕현은 어색한 모습은 전혀 없고 서로를 보며 반가운 마음만 들었다.

가볍게 농담을 주고받으며 가까운 포장마차에 들어간 창준이 호기롭게 말했다.

"먹고 싶은 거 몽땅 시켜라!"

"이제 전역하고 백수인 놈이 무슨 돈이 있다고. 일 없다."

막상 포장마차에 들어오니 방금 전에 했던 말은 농담이었다는 것처럼 반응했다.

"너 술 사줄 돈은 있으니까 마음껏 시켜"

"됐고, 밥 아직 안 먹었지?"

덕현은 창준의 말에도 피식 웃어 보이고 우동 두 그릇과 꼼장어, 소주를 시켰다.

이런 덕현의 모습에 창준은 더 이 친구가 마음에 들었다. 은근히 다른 사람을 배려해 주려는 덕현의 모습은 꾸며낸 것이 아니라 그저 몸에서 배어나오는 것이었으니까.

포장마차 주인이 가져온 우동을 게눈 감추듯이 먹은 두 사람은 꼼장어를 안주 삼아 소주를 마시며 사소한 농담을 나눴다.

창준은 덕현과 얘기를 나눌수록 이 친구가 너무 편하게 느껴졌다.

물론 이전에는 친구들을 만났을 때, 그 친구들을 부담스러워했다는 말은 아니다. 하지만 덕현처럼 같이 얘기를 할수록 편하게 해주는 사람은 없었다.

얘기를 하던 덕현이 문득 물었다.

"그러고 보니 너 소영이하고 헤어졌다면서?"

"너한테까지 소문이 퍼졌냐?"

"가끔 연락하던 고등학교 동창이 말하더라."

"뭐 대단한 일이라고… 남자하고 여자하고 만나다가 헤어질 수도 있는 것이지…….."

"그건 그렇지."

덕현은 가볍게 대답을 하고는 더 이상 창준에게 소영에 관해 물어보지 않았다. 창준은 그런 덕현을 보고 슬며시 미소를 지으면서 물었다.

"너는 여자친구 없어?"

"먹고 살기 바쁘다."

"정말? 회사의 꽃이라는 영업사원이잖아."

"그건 대기업에 취직한 사람들이나 하는 말이고, 나처럼 중소기업에 다니는 사람은 해당사항이 없다."

덕현은 소프트웨어 판매를 하는 영업사원이다.

이쪽 분야에 대기업이라고 부를 정도의 회사는 거의 총판을 하고 실제 판매는 거의 소기업이 대부분인데, 총판에 영업사원이 들어가기란 여간 어려운 일이 아니다.

학력은 물론 경력까지 있어야 입사할 가능성이 생기는데, 전문대학은 서류전형에서부터 결격사항이다. 전문대학을 나온 덕현은 조건에 맞지도 않았던 것이다.

"그런데 야간까지 영업할 일이 많은 거냐? 고객들은 퇴근도 안 한대?"

"아침부터 뛰어다니고 남들 퇴근할 시간쯤에 회사에 들어와 서류를 작성하면 7시 전에 퇴근하는 것은 애초에 불가능하지. 이제는 익숙해져서 별로 부담되지도 않아."

모든 영업사원이 덕현처럼 일하는 것은 아니다. 하지만 덕현은 이렇게 사람을 편하게 해주는 성격인데도 그리 실적이 좋지 않아서 다른 사람들보다 더 발로 뛰는 모양이었다.

"그런데 서울에는 나 보려고 온 거야?"

"내가 시커먼 남자를 보려고 서울까지 왕림하셨겠냐?"

"그러면?"

덕현의 물음에 창준은 얼굴에 환한 미소를 지었다.

"이 형님이 이번에 창업하신다."

"창업? 무슨 창업?"

"홍대에서 액세서리 가게를 해보려고 준비 중이야."

"그래? 그쪽에 그런 가게는 많을 텐데……. 전략이나 그런 것들은 다 세우고 하는 거지?"

"당연하지! 그리고 물건이 너무 좋아서 망하려고 해도 망할 수가 없는 장사다. 나중에 일이 안정되면 너도 직원으로 데리고 갈 거야."

"제발 그래 줘라. 대신에 스카우트니까 연봉은 빵빵하게 줘야 된다."

덕현은 창준의 말에 피식 웃으며 말했다. 그는 창준이 농담을 한다고 생각했다.

자신이 하는 말을 농담으로 듣고 있다는 것은 창준도 알았지만, 그것을 수정하지 않았다. 정말로 대박집이 되고 난 이후에 덕현에게 진지하게 말하는 것이 더 좋을 테니 말이다.

'지금은 농담인 것 같겠지만, 나중에 지금 한 말이 사실이 될 테니까 조금만 기다려라. 절대로 후회하지 않게 해줄 테니까.'

창준은 속마음을 숨기며 덕현과 잔을 마주쳤다.

*　　　*　　　*

대전으로 다시 내려온 창준은 전보다 더 바쁘게 시간을 보냈다. 이제는 점포 계약까지 마쳤으니 뒤로 물러설 수도 없다.

액세서리를 만드는 일과 판매하는 일을 제외하고 창준은 인테리어를 맡길 곳을 찾아다녔다. 인터넷으로 검색을 해보고 그것도 모자라 직접 발품을 팔아가며 인테리어 업체를 찾았다.

어차피 대출을 받아서 부족한 돈을 충당할 생각이지만, 최대한 돈을 적게 빌리고 싶었다. 과거에 각종 대출과 사채업자에게 당했던 기억이 기억 저편에 선명하게 남아 있는 탓에 돈을 빌리는 것 자체가 두렵기도 했기 때문이다.

이미 현대의 사람들이라면 상상도 할 수 없는 불가사의한 힘을 얻은 창준이다. 이런 힘을 얻은 창준은 가끔 불쑥불쑥 쉽게 가는 방법들을 떠올리고는 했다.

물론 그 방법은 합법과는 거리가 멀었다.

일례로 그가 사채업자의 돈을 빌렸다고 하더라도 창준이 작정하고 그들을 등쳐먹으려고 한다면 과연 누가 그를 찾을 수 있겠는가?

디스가이즈 마법으로 얼굴을 바꾸고, 컨퓨전(Confusion, 혼란) 마법으로 그들의 머릿속을 복잡하게 만들기만 하더라도 가능할 것 같았다.

하지만 그런 방법은 꺼림칙했다.

세상에 완전한 비밀은 없고, 완전 범죄도 없다는 말이 있는 것처럼 만에 하나라도 그의 정체가 드러나면 어쩌겠는가.

그 자신에게만 다가온다면 걱정할 일도 없으나, 어머니나 동생인 은미에게 그들이 다가간다는 생각을 하면 소름이 돋았다.

어쨌든 창준은 대출을 생각하고 있지만, 그 돈은 최대한 적게 빌리고 싶었다. 그래서 이리저리 인테리어 업체를 알아보려고 돌아다니면서도 비즈 공예품을 만드는 양은 밤잠을 줄여가며 목표치를 모두 만들었다.

이렇게 이것저것 알아보랴, 장사하랴, 눈코 뜰 새도 없이 보내던 창준에게 누군가 전화를 해봤자 받지도 않았다.

그가 전화를 받는 사람은 그리 많지 않았다. 어머니, 은미, 덕현을 제외하고 다른 사람의 전화는 안 받는다고 보는 것이 맞았다.

따르릉! 따르릉!

오늘도 대학교에서 점심시간에 게릴라 장사를 하고 서둘러 정리를 하던 창준은 주머니에서 들리는 벨소리에 얼굴부터 찌푸렸다.

'귀찮아 죽겠네! 쓸데없는 전화면 욕이나 한 바가지… 어!'

짜증난 얼굴로 휴대폰 액정을 확인한 창준은 서둘러 전화를 받았다.

"여보세요."

―저 수연이에요.

"오! 연락 기다리고 있었습니다! 어떻게, 잘 진행은 되고 있나요?"

창준은 수연의 전화를 받으며 반색을 했다.

지금 가게를 준비하면서 가장 중요한 사람이라고 할 수 있는 사람이 수연이었다. 그렇기 때문에 인사를 하기가 무섭게 은근히 알아본다는 것은 어떻게 됐는지 운을 떼우는 것이다.

―안 그래도 그것 때문에 전화를 했어요. 일단은 보여줄 것도 있고 필요한 것도 있으니까 오늘 만났으면 좋겠어요.

"좋습니다! 제가 아무리 바빠도 당연히 나가야 하는 자리죠. 그러면 저번에 봤던 곳에서 만나기로 하지요."

창준은 약속을 잡고는 서둘러 짐을 정리해 집으로 향했다.

집에 도착한 창준은 원래 인테리어를 맡길 가게를 찾아서 바로 나갔었지만, 오늘은 약속이 있기에 시간이 될 때까지 비즈 공예품을 만들었다.

약속시간에 집을 나선 창준은 수연과 처음 만났던 커피전문점으로 향했다.

가게에 도착한 창준이 안으로 들어가자 먼저 와서 기다리고 있던 수연이 보였다. 워낙 눈에 띄는 스타일인 수연이기에 굳이 찾으려고 하지 않아도 눈에 잘 들어왔다.

창준은 반가운 얼굴로 수연에게 다가갔다.

"먼저 오셨네요. 제가 좀 늦었나요?"

"약속 시간까지 아직 시간이 남아 있어요. 제가 조금 일찍 왔을 뿐이에요."

창준이 맞은편에 앉자 수연은 가방에서 조그만 노트북을 꺼냈다.

"오늘 만나자고 말씀드린 이유는 공급자를 찾았기 때문이에요. 일단 제가 아시는 분 중에서 대량 공급이 가능하고, 실력도 나쁘지 않은 분들이죠."

노트북이 부팅되고 수연이 보여주는 비즈 공예품들은 창준이 만드는 물건들보다 거짓말 조금 더해서 백배는 잘 만들었고 예뻤다.

그럴 수밖에 없는 이유는 당연히 창준의 실력이 아주 바닥을 치고 있었기 때문이기도 했기만 말이다.

"좋습니다, 아주 좋아요! 안 그래도 이제 슬슬 점포 계약을 했고, 인테리어 업자들을 찾는 중이었거든요."

"점포를 벌써요? 어디에 점포를 잡았는데요?"

"서울 홍대 쪽에 자리를 잡았습니다. 아무래도 인테리어를 하는 시간도 있으니 아직 여유는 있지만, 혹시나 인테리어 끝날 때까지 물건이 구해지지 않으면 어쩌나 살짝 걱정도 들었었어요."

홍대에 점포를 잡았다는 말에 수연도 살짝 눈을 빛냈다. 홍대라면 서울에서도 젊은 사람의 유동이 많은 곳이니 그녀 스스로도 기대되는 것은 당연한 일이다.

"그러면 가격은 어떻게 되는 거죠?"

창준의 물음에 수연이 말해준 가격은 당연히 그다지 비싼 가격이 아니었다. 그렇지만, 창준이 구매하려는 공예품의 양은 꽤 많았기에 모두 구입하려면 상당한 출혈이 필요했다.

'물건 가격으로 300만 원을 생각했는데… 500만 원이나 필요하다니……'

점포에 깔아놓을 제품은 물론이고 판매되고 빈자리를 채울 물건까지 모두 생각하면 그 정도는 구입해야 할 것 같았다.

"가격은 비싸지도 않고 싸지도 않아요."

창준이 머릿속으로 계산하고 있는 것을 보고 수연은 가격이 비싸서 고민하는 것이라 생각했는지 알아서 부연설명을 해줬다.

물론 가격이 생각보다 비싼 것은 맞다. 그렇다고 하더라도 앞으로 창준이 판매할 가격을 생각하면 비싼 것도 아니다.

'지금은 투자를 해야 되는 상황이니 어쩔 수 없어. 대출을 조금 더 받아야지.'

원래 500만 원 정도를 대출 받을 생각이었지만, 아무래도 더 받아야 할 모양이었다.

사실 딱 모자란 금액만 마련하면 500만 원이면 되지만, 아무리 창준이라고 하더라도 점포를 열자마자 사람들이 구름처럼 몰릴 것이라 생각하지는 않았기에 짧은 기간이나마 대비할 금전이 필요했다.

창준은 이내 결심한 듯 수연을 보며 밝은 목소리로 말했다.

"좋습니다, 이분들하고 계약하도록 할게요. 어차피 이 일에 중추적인 위치를 지닌 분이 추천하기도 했고, 저보다는 더 뛰어난 안목과 경험이 있을 테니 제가 믿고 가야죠."

이건 그저 듣기 좋으라고 하는 말이다.

아무리 창준이 수연을 믿고 있다고 하지만, 수연은 이제 고등학생이다. 적은 돈이 들어간 점포라고 하더라도 단순히 그녀의 말만 믿고 할 수 있는 것은 아니다.

인터넷으로 알아본 가격을 가지고 계산을 대충 해본 창준이었고, 인터넷에서 봤던 물건들보다는 더 퀄리티가 뛰어난 공예품이라 그만큼 투자하는 것일 뿐이다.

아마 수연이 조금만 사회 경험이 많았어도 이런 창준의 얄팍한 의도는 대충 짐작을 했을지도 모른다.

수연은 창준이 이렇게 자신을 믿어주는 모습에 희미한 미소를 지었다. 그녀는 창준에게 제대로 낚였다.

'말 한마디에 천 냥 빚을 갚는다고 하는데, 이 정도는 애교지.'

"그러면 그분들에게 말씀을 드릴 테니 계약 날짜를 잡고 약속을 정할게요."

"네, 그렇게 하세요."

"그리고 오늘 만난 이유는 이것도 있어요."

수연은 가방에서 큼직한 상자를 꺼냈는데, 조그맣게 칸이 나눠진 상자 안에는 온갖 비즈가 빼곡히 들어 있었다.

"이건… 설마……."

"저번에 말씀드렸던 가공을 부탁드리는 거예요."

창준은 입을 쩍 벌렸다.

그의 입이 이렇게 벌어진 이유는 간단하다. 수연이 내밀은 상자에 들어 있는 비즈의 양이 엄청났기 때문이다.

하루에 마법진을 각인하는 숫자는 아직 크게 늘어나지 못했다. 물론 창준이 비즈 공예품을 직접 만드는 시간이 줄어든 만큼 더 많이 만들 수는 있지만, 이 정도 양이면 창준이 얼마나 고생을 해야 할지 감도 잡히지 않았다.

"이건 좀… 곤란하군요."

"뭐가요?"

"너무 많아요. 작업을 해주는 사람이 하루에 처리할 수 있는 양이 그다지 많지 않거든요. 워낙 미세하게 세공을 하는 일이라……."

수연은 창준의 말에 조금 곤란한 얼굴이 되었다.

비즈 공예품을 만들면서 재료가 충분히, 그리고 다채롭게 준비가 되어 있으면 작업이 대단히 수월하다. 어떤 디자인을 생각하기 쉽기도 했고 말이다.

창준은 수연이 필요한 정도만 가지고 나올 것이라 생각했기에 이렇게 엄청난 양을 가지고 나올 것이라 생각하지 못했다. 기본적인 비즈 공예에 대한 지식이 부족했기에 잘못 판단을 한 것이다.

하지만 이내 좋은 방법이 생각났다.

"그럼 이렇게 하는 것은 어떨까요? 일단 공예품을 만들어서 가져오고, 그 공예품에 들어간 비즈 중에서 어떤 것에 세공을 할 생각인지 알려주시는 거예요."

"네? 이미 만들어진 상태로 가공을 할 수 있다는 말인가요?"

일반적으로 생각해도 간단한 일이 아니다. 미세한 가공을 하다가 다른 비즈나 장식에 닿으면 공예품 자체가 망가지는 일이니 당연했다.

하지만 창준은 어차피 진짜 세공을 하는 게 아니라 단지 허공을 격하고 마법진을 새기는 일이기에 불가능하지 않다.

"제가 알기로는 가능하다고 들었어요. 조금 더 까다롭기는 하지만 불가능하지는 않다고 하더군요."

수연은 조금 망설였으나 이내 고개를 끄덕이고 수긍했다.

나머지 다른 소소한 부분에 대해서 서로 의견을 교환한 창준은 수연과 헤어졌다.

이렇게 물건을 정하고, 소소한 사항마저 의논하고 나니 새삼 자신이 장사를 하는 것이 실감이 났다.

'서둘러서 인테리어 업자를 찾아야겠어. 그리고 대출도 받아야 하고… 휴우! 이제 진짜 시작이다.'

단지 노점을 할 때는 크게 걱정하지 않았다. 하지만 이 정도로 진척되고 보니 부담이 느껴졌다.

절대로 망하면 안 되는 상황이니 그런 부담이 느껴지는 것도 당연했다. 아마 창준에게 마법이 없었고, 그저 가게를 차리려는 것이었으면 지금쯤 밤에 잠도 자지 못할 것이다.

'일단 중요한 일이 정리되면 어머니에게 서울로 올라가는 것에 대해서 얘기를 해야겠어.'

아직도 어머니는 창준이 단지 조그만 장사를 한다고 알고 있었다. 은미는 점포를 내려고 한다는 것은 알지만 서울로 가는 내용은 모르고 있었고 말이다.

어머니가 반대를 하더라도 무조건 할 생각이긴 하지만, 되도록 어머니가 자신을 믿어줬으면 하는 마음이었다.

수연과 만나고 난 이후에 모든 일이 빠르게 진행되었다.

적은 금액에 일을 해줄 인테리어 업자를 찾는 일도 며칠 후에 해결되었다.

일단 인테리어를 하기 위해서 점포 도면을 그려야 하기에 서울에 잠깐 올라갔었고, 며칠 후에는 3D로 그려진 도면과 2D로 그려진 도면을 받았다.

도면을 볼 줄 모르는 사람이 많아서 3D로 받은 도면을 보니 인테리어 작업을 하면 어떻게 나올 것인지 눈으로 본 것처럼 확인할 수 있었다.

적은 금액으로 하는 작업이지만, 발품 팔았던 대가를 받는 것처럼 내부 인테리어는 상당히 마음에 들었다.

그렇게 일이 진행되는 것을 확인한 창준은 이제 슬슬 집에 얘기해야 할 시간이 되었다는 사실을 알았다.

그날 장사를 마치고 돌아온 창준은 조금은 긴장하는 마음으로 어머니가 들어오기를 기다렸다. 평소에 창준이 하는 일을 막는 법이 없던 어머니였으나, 독립해서 서울로 올라간다는 자신의 말에 어떻게 나올지 몰랐기에 조금 긴장되는 것은 어쩔 수 없었다.

창준은 방에서 어머니가 오는 것을 기다리며 지나간 요 몇 달간의 일을 다시 떠올렸다.

비참했던 지난 과거와 다시 시작해서 숨 가쁘게 달려왔던 이후의 삶.

자신이 직접 겪고 있는 삶이지만, 지금 이것이 사실인지 스스로도 의심스러울 지경이다. 과거로 돌아왔다는 것 하나만으로도 믿기 어려울 지경인데, 심지어 영화에서나 봤었던 신비한 힘을 얻은 것까지 생각하면 지금 자신이 꿈을 꾸는 것은 아닌지 실감하기 힘들었다.

창준은 숨겨놨던 작은 철판으로 만들어진 구슬, 일리미트 비블리어시카를 꺼냈다.

'이걸 얻으면서 내 삶이 바뀐 것은 분명하지······.'

손에 쥐어진 일리미트 비블리어시카는 검은색이지만, 빛을 받으면 신비로운 보랏빛을 반사시키며 자신의 존재감을 보였다.

하지만 특이한 것으로만 말하면 그것이 전부다. 창준이 아니라면 누구도 이 안에 담긴 지식을 얻을 수 없으니, 다른 사람이 봤을 때는 특이한 철판으로 만든 구슬일 뿐이다.

'이 철판의 재질은 뭘까?'

가끔 일리미트 비블리어시카의 철판이 어떻게 만들어진 구조인지 조사하고 싶은 마음도 들었으나 바로 포기했다.

황금알을 낳는 거위의 배를 갈랐다는 동화의 어리석은 주인공과 같은 꼴이 되고 싶은 생각은 조금도 없었기 때문이다.

아마도 일리미트 비블리어시카를 만들었던 사람과 같은 수준이 되면 만드는 방법과 원리를 알게 될 것이다. 아니면 최소한 이 안에 담긴 모든 지식을 얻은 이후에 조사를 하면 되기도 하고 말이다.

찰칵!

"다녀왔다."

"다녀오셨어요!"

누워서 일리미트 비블리어시카를 이리저리 손에서 굴리면서 보던 창준은 현관문이 열리는 소리를 듣고 자리에서 일어났다.

은미가 어머니가 들고 온 가방을 받아 드는 모습이 보였다.

"다녀오셨어요."

문을 열고 나간 창준은 어머니에게 인사를 했다.

"그래, 밥은 먹었니?"

"아직 안 먹었어요."

"엄마, 내가 준비는 다 해놨어요."

은미는 칭찬을 해달라는 듯이 약간 고조된 목소리로 말했고, 어머니는 그런 은미에게 웃어 보이며 머리를 쓰다듬었다.

"그러면 같이 저녁 먹도록 하자."

"네! 제가 밥이랑 준비할게요."

은미는 후다닥 주방으로 가서 저녁식사가 준비된 식탁에 밥과 찌개를 준비했다.

가족이 오랜만에 한 식탁에 모였다.

원래 자주 같이 먹는 편이었으나, 근래에 창준이 바빠지면서 이렇게 모두 모이는 일이 그리 많지 않아졌다. 특히 요즘 창준이 서울에 올라갔다가 돌아온 이후에는 처음이었다. 저녁에도 여기저기 알아보려고 다니다 보니 저녁을 먹고 오거나 따로 먹는 일이 많았던 것이다.

식탁에 모인 세 사람은 다른 가족들이 으레 그렇듯이 서로 하루 일과에 대해서 담소를 나누며 밥을 먹었다. 물론 이 자리에서 가장 많은 이야기를 하는 것은 은미였다.

"그래서 수정이가 숙제를 안 해서 쉬는 시간에 난리였다니깐."

"호호! 그 친구는 자주 숙제를 빼먹는 모양이네."

"말도 마. 하루걸러 하루 해오면 다행이라고."

종달새처럼 재잘거리는 은미를 보며 어머니가 환하게 웃었다.

창준은 은미의 얘기는 거의 한귀로 듣고 한귀로 흘렸다. 동생의 일과에 대해서 관심이 없다기보다, 어머니의 모습을 보는 것에 더 정신이 팔렸다.

그동안 바쁘게 뛰어다니면서 어머니의 몸 상태를 자주 확인하지 못했다.

그렇다고 지금 창준이 어머니의 상태를 보는 것은 아니었다. 지금 창준은 어머니의 외관을 보는 것이다.

가족이라고 하지만, 매일 보는 모습이기 때문에 하루하루 지나면서 조금씩 변하는 모습은 눈치채기 어렵다. 지금도 창준이 눈여겨보기에 그동안의 변화가 보이는 거라고 할 수 있다.

'많이… 변하셨어…….'

분명히 얼마 전에 확인했던 것에 비교하니 눈에 보이도록 수척해지셨다. 하지만 얼굴이 핼쑥해 보이는 것은 아니니 그냥 살이 빠진 것처럼 보이기도 했다.

어머니가 암에 걸렸다는 것을 알고 있는 창준이기에 이런 변화가 단순히 일시적으로 살이 빠진 것은 아니라는 사실을 알고 있다.

원래 암이라고 하는 것이 외관상 눈에 띄는 변화를 보이는 경우는 드물다. 그러니 눈으로 보이는 변화는 이 정도밖에 없었다.

창준은 어머니의 모습을 찬찬히 살폈다.

눈가에 주름도 늘었고, 피부도 그리 좋지 않았다. 목에는 굵은 주름도 꽤 많이 잡혔으며 머리카락은 푸석푸석한 느낌이다.

'어머니도 많이… 늙으셨구나…….'

사람이 나이를 먹으면 늙는 것은 당연하지만, 창준은 이런 어머니의 모습이 자신과 은미 때문인 것 같다는 생각도 들었다.

다른 중년의 여자들은 피부 관리를 한다며 여러 가지 화장품을 사용하고 피부 관리를 받으려고 한다. 하지만 어머니는 그런 것을 사용하는 것을 단 한 번도 보지 못했다. 지금도 어머니의 화장대에 가면 화장품이 겨우 서너 개 있을 뿐이다.

어머니의 모습을 보고 있으니 애잔한 마음이 들었다. 그리고 빨리 돈을 벌어 어머니의 병을 고치고 편하게 지내도록 해드리고 싶었다.

'어머니도 편하게 지내고, 은미도 자기 나이에 맞도록 다니게 해야 돼.'

이것은 창준의 소박한 작은 소망 중에 하나다.

은미가 재잘거리고 창준이 어머니를 살피며 애잔한 마음

을 느끼는 사이에 식사는 대충 끝났다.

식사가 끝나자 어머니는 평소처럼 방으로 들어가려고 했다. 회사에서 끝내지 못하고 가져온 일을 하던지, 내일 일을 정리하려고 하는 것이다.

"어머니."

"응? 왜 그러니?"

"드릴 말씀이 있어요."

밝은 얼굴로 창준을 돌아본 어머니는 약간 굳은 창준의 얼굴을 보더니 뭔가 심각한 얘기가 나올 것이란 것을 눈치챘다.

"그래, 방에서 얘기하자."

어머니가 방으로 들어가자 창준도 따라서 들어갔다.

화장대와 장롱, 침대도 없이 침구류만 있는 방은 조금 휑하게 느껴졌다. 그리고 이런 것마저 창준은 마음이 살짝 아팠다.

이렇게 지내는 이유가 창준과 은미 때문이라는 사실이라는 것은 부정할 수 없을 것이다.

바닥에 앉은 어머니가 마주 앉은 창준에게 물었다.

"무슨 일이니?"

"저… 놀라지는 마세요."

"무슨 일인데 그래? 무섭다, 얘."

"서울로 올라가려고 해요."

창준은 눈을 질끈 감으며 단도직입적으로 말했다. 돌려서 말해봤자 어차피 다를 것은 없었다.

어머니는 조금 충격을 받은 모습이었지만, 금세 원래 모습으로 돌아왔다. 아니, 방금 전의 모습은 충격까지도 아니었다.

마치 이미 짐작을 했었던 것 같은 모양이었다.

창준은 그런 어머니 모습에 조금 당황하며 물었다.

"벼, 별로 안 놀라시네요. 알고 계셨어요?"

"후우… 그런 건 아니고, 비슷한 말을 할 거라고 생각은 하고 있었다."

"어떻게요? 내가 뭔가 눈치채… 은미, 너구나!"

창준이 닫힌 방문을 보며 소리치자 방문 바로 밖에서 엿듣고 있었는지 은미의 목소리가 들렸다.

"뭐 나쁜 일이라고 숨기겠어? 그리고 오빠도 알다시피 원래 나는 엄마한테 하나도 숨기는 게 없다, 뭐!"

"그래, 그게 뭐 숨길 일이니."

창준은 어머니의 말에 뒷머리를 긁적이며 고개를 숙였다.

사실 은미가 말해줬기에 어머니가 놀라지 않은 것이니 차라리 잘된 일이라고 할 수 있었다.

"은미한테는 잠깐 들었는데, 액세서리를 파는 일을 한다고?"

"네… 액세서리는 맞는데 귀금속을 다루는 일은 아니고요. 비즈 공예라고 젊은 사람들한테 잘 팔리는 물건이 있어요."

"나도 뭔지는 안다. 설마 노점상 같은 것을 하려는 것이니?"

"그건 이미 했고요. 장사가 잘 되서 서울에 가게를 놓고 본격적으로 해보려고 해요."

"어디서 하려고 하는데?"

"홍대라고 서울에서 젊은 사람들이 많이 다니는 곳 있잖아요. 거기서 작은 점포를 얻었어요."

자세한 얘기는 은미도 모르기 때문인지 어머니는 창준에게 이것저것 여러 가지를 물어봤다.

점포 위치는 어떤지, 물건은 어떻게 공급받으려고 하는지, 장래성은 있는지 전반적인 것을 물어보는 어머니에게서 뭔가 노련한 연륜이 보였다.

물론 어머니는 보험 일을 하시기 때문에 장사는 잘 모르신다. 하지만 그 연륜을 얻기까지 보거나 들어온 지식이 대단하기에 핵심적인 것만 물어봤다.

"그러면 숙소는? 지낼 곳은 잡았고?"

올 것이 왔다.

"그건 아니고요. 일단 점포가 꽤 커서 제가 지낼 방은 만들 수 있을 것 같아요. 거기서 일단 지내려고요."

"뭐? 가게에서 산다고?"

창준의 말에 어머니의 눈이 동그랗게 커졌다.

자기 자식이 마땅히 지낼 곳도 마련하지 못해서 가게에서 지낼 거란 말을 듣고 가만히 있는 부모는 아마 없을 것이다.

어머니가 뭐라고 말을 하기 전에 창준이 서둘러 말했다.

"걱정하실 필요는 없어요. 그냥 간이침대를 놓고 지내는 게 아니라, 인테리어를 하면서 독립된 공간으로 방을 하나 만들었거든요."

"그래도 그렇지. 가게에서 지내려면 냉난방도 잘 안 될 텐데, 그런 곳에서 어떻게 지내려고."

가게에서 고객들이 쾌적하게 쇼핑을 하려면 사시사철 장사를 하려면 냉난방은 필수다. 하지만 이미 창준이 생각한 방법이 있었다.

"그건 이미 준비가 되어 있으니 걱정하지 않아도 돼요. 아마 고시원에서 지내는 것보다는 더 편하고 쾌적하게 지내도록 다 마련했어요."

이 정도까지 얘기를 했으니 어머니도 딱히 할 말은 없었다.

잠시 창준은 보던 어머니가 자리에서 일어났다.

"잠깐 기다려 봐."

어머니는 장롱으로 가서 문을 열고 쌓여 있는 이불들 사이에 손을 집어넣더니 통장 하나를 가지고 왔다.

"받아라."

"이게… 뭐예요?"

"일단 받아봐."

창준은 어머니가 건넨 통장을 받아서 열어봤다.

거기에는 자신의 이름이 적혀 있었다. 그리고 그것을 확인한 창준은 손이 조금씩 떨려왔다.

통장을 열어보니 그 안에 적은 금액이나마 계속해서 저금을 한 흔적이 고스란히 적혀 있었다. 그것은 창준이 공예품을 팔기 시작하던 날이 조금 지나서부터 적혀 있었다.

'뭐야? 과거에 이런 기억은 없었어!'

어머니의 병을 고치기 위해서 집안에 있던 모든 돈을 끌어다 썼었기에 이런 돈이 없다는 사실은 똑똑히 알고 있었다.

"네가 장사를 한다는 것을 듣고 그때부터 조금씩 모았다. 어떻게 사용될지 몰랐지만, 아마도 이때 쓰려고 내가 그렇게 모은 모양이다."

어머니의 말을 들은 창준은 조금 울컥한 마음이 들었다.

과거에 자신은 이맘 즈음에 간단한 단기 아르바이트를 하면서 친구들과 자주 술을 먹고 다녔었다.

그런데 지금은 장사를 하겠다는 목표를 가지고 뛰어다니니 어머니의 생각도 그때와 달라졌고, 이런 결과로 다가온 모양이었다.

통장의 마지막을 확인하니 거의 300만 원에 달하는 금액이었다. 짧은 시간에 이 정도 금액을 모았을 어머니의 고생을 생각하니 가슴이 먹먹해져 왔다.

"이 돈은……."

"흰소리하지 말고 가져가서 잘 사용해."

"하지만……."

"어렵게 마련한 돈이란 것을 알았으면, 가져가서 필요한 일에 사용하면 된다. 드라마 시간이 다 됐을 텐데……."

어머니는 다시 받을 생각이 없다는 것을 몸으로 보여주려는 듯이 자리에서 일어나더니 밖으로 나갔다.

홀로 남은 창준은 통장을 손에 쥐고 어머니의 따뜻한 마음을 느꼈다.

'반드시 꼭 성공할게요. 그리고 어머니 병도 반드시 고치겠어요!'

창준에게는 더욱더 성공을 해야 하는 이유가 늘어났다. 이런 돈을 받고도 실패하면 어머니 얼굴을 뵐 면목이 없다.

CHAPTER
07

리세스(Richesse)

ALCHEMIST

창준은 오랜만에 함각산으로 가는 버스를 탔다.

이렇게 함각산을 가는 이유는 당연히 수련을 하기 위함이지만, 사실 그것보다는 서울로 올라가기 전에 마지막으로 마법을 연습하고 정리하기 위함도 있었다.

어머니에게 허락을 받은 후, 얼마의 시간이 지나자 인테리어 공사는 빠르게 끝났고 시공이 어떻게 됐는지도 확인했다.

이제는 올라가서 약간의 청소와 준비된 물건을 진열하면서 장사를 준비하기만 하면 됐다.

어머니에게 300만 원이라는 돈을 받은 창준은 대출 받는 것을 포기했다. 약간은 감상적인 이유도 있었지만, 지금 있는 돈만 이리저리 잘 맞추면 대출을 받을 필요는 없을 것 같았다.

대신 자리를 잡기까지 여윳돈이 별로 없다는 문제가 생겨 버렸으나, 어떻게든 버틸 수 있을 것이라는 생각도 들었고 나중에 문제가 생기면 그때 대출을 받기로 한 것이다.

그리고 생각해 보니 어차피 시간이 중요한 상황이다. 이 상황에서 한 달 매출이 노점상을 하던 때보다 최소 두 배는 벌어야 된다.

'그게 안 되면… 어쩌면 최악의 수를 써야 될지도 모르지.'

짧은 시간에 엄청난 돈을 벌려고 한다면 방법은 얼마든지 있다. 단지 그 방법이 그리 합법적인 방법이 아니라는 것이 문제일 뿐이다.

이런 생각을 하던 창준은 어느새 함각산 근처에 도착했다.

버스에서 내린 창준은 얼마 전까지 매일 오르던 길을 따라 자신이 연습하던 곳으로 갔다.

오랜만에 왔는데도 전과 달라진 것이 없었다. 사람들이 그다지 많이 찾지 않는 함각산이고, 그나마 창준이 연습을 하던 곳은 인적이 완전히 없는 곳이니 당연하다면 당연한 일일 수도 있다.

자리에 앉은 창준은 전과 다르게 먼저 돗자리를 펴고 자리를 잡았다. 평소라면 마법을 먼저 사용하겠지만, 오늘은 정리를 하려는 의미가 강했기에 일단 마나를 흡수하면서 자신의 내부를 관조하려는 것이다.

마나를 흡수하기 전에 창준은 일단 알람을 맞췄다. 마나를 흡수하다가 너무 많은 시간을 보내지 않기 위해서였다.

창준이 마나를 흡수하기 시작하자 특유의 바람이 일어나 그의 주변을 둘러쌌다. 마나가 들어와 몸을 정화하듯이 움직였다. 그러자 신선한 마나의 느낌에 창준의 기분은 절로 좋아졌다.

'아참! 이러고 있으면 안 되지. 일단 마나를 확인하고 즐기자고.'

오랜만에 마나를 흡수하는 기분 좋은 느낌에 잠시 취했던 창준은 퍼뜩 정신을 차렸다. 억지로 집중을 깬 창준은 자신의 내부에 있는 마나를 움직여 그 양을 확인했다.

비즈 공예를 하면서 마나를 흡수하는 일이 없었기 때문인지. 내부에 있는 마나의 양은 전과 크게 다르지 않았다.

4서클의 양을 가지고 있는 것이다.

마나를 확인하고도 창준은 마나를 흡수하며 전신의 신경을 자극했다. 마나의 양을 다시 확인했지만, 이제 언제쯤 다시 마나를 흡수할 기회가 생길지 모르기에 잠시라도 이 기분에 취하기로 했다.

'서울에 가면 이렇게 마나를 흡수할 시간이 생길지 모르겠네.'

아마 다른 사람들의 시선이 신경 쓰여서라도 자제할 것이란 사실은 불 보듯 뻔했다. 무리하면 할 수도 있지만, 나중에 생각하기로 했다. 지금은 그것이 중요한 게 아니었으니 말이다.

삐삐삐삐!

꽤 긴 시간을 소요하며 마나를 흡수한 창준은 알람 소리를 듣고 마나를 흡수하던 것을 멈췄다. 그리고 요란하게 울리는 알람을 끄고 자신이 익힌 마법을, 특히 가장 최근에 배운 3서클 마법을 떠올렸다.

자리에서 일어난 창준이 그동안 마법 시험 도구가 되어 죽어버린 나무를 향해 마법을 사용했다.

"아이스 티스(Ice Teeth)!"

파파파팍!

창준의 손에서 송곳 같은 수 개의 얼음이 만들어지더니 나무에 날아가 박혔다.

"윈드 피스트(Wind Fist)!"

이번 마법으로는 허공에 눈에는 보이지 않는 바람으로 만들어진 커다란 주먹이 나타나 나무를 가격했다.

그 뒤로도 창준은 3서클 마법을 연속해서 발휘했다.

원거리 마법인 스파크 볼(Spark Ball), 아이스 볼(Ice Ball) 등을 연사하고, 나무에 달려들어 라이트닝 쇼크(Lightning Shock)와 같은 근접전용 마법도 난사했다.

나무는 거듭된 충격에 부서져 나갔다. 그것을 보면서도 창준은 마법을 멈추지 않고 무작정 계속 날렸다.

우지직!

펑!

그의 마법이 중첩해서 발휘되자 나무는 이내 가운데가 부러져 나갔다.

그리고 허공에서 마치 공기가 터지는 듯한 작은 소리가 들렸고, 창준은 마법을 사용하던 것을 멈췄다.

'속은 좀 시원하지만… 마지막이라고 너무 과하게 마법을 사용했나? 컨트롤(Control) 마법진이 조금씩 부서지는 모양이네.'

창준은 이곳에서 마법을 연습하면서 자신이 발휘하는 마법의 위력을 억제하는 컨트롤 마법진을 펼쳐 놨었다.

그럴 수밖에 없는 것이 3서클 마법의 파이어 볼(Fire Ball) 마법을 사용하자 무려 3미터 정도를 불바다로 만들어 버려 하마터면 큰일이 벌어질 뻔했었기 때문이다.

불을 끄기 위해서 아이스와 워터 계열 마법을 난사하고, 불이 꺼지면서 생긴 연기에 사람들이 몰려올까 봐 윈드 계열 마법까지 동원하는 난리를 벌였었다.

그 이후로 마법을 연습하기 위해서 이런 마법진을 찾아 만들었었다. 원래 이 마법진은 마법을 사용하기 위한 수련장에 새겨지는 마법진으로 발현하는 마법은 제어하지만, 마나를 흡수하는 것은 막지 않는 마법진이었다.

하지만 이 마법진은 3서클 마법진으로 마나를 자가 생산하는 방식이었기에 불안정한 상태였다. 거기다가 3서클 마법진은 같은 등급의 마법에는 많이 취약해진다.

평소에는 조심해서 마법을 사용했는데, 마지막이라고 마법을 난사한 것이 마법진이 감당할 수 있는 범위를 조금 넘어간 모양이었다.

창준은 어쩔까 하다가 피식 웃었다.

'어차피 이걸 마지막으로 서울에 올라가기 전에 지우려고 했잖아. 대미를 장식해야지.'

마음을 정한 창준은 한손을 위로 들어 올리고는 3서클 마법 중에서 가장 강력한 위력을 지닌 마법을 펼쳤다.

"파이어 볼."

화아악!

그의 말에 따라 마나가 몸을 타고 움직여 그의 팔로 모이더니 펼쳐진 손바닥 위에 불타오르는 주먹만 한 불덩이가 생겼다.

창준은 그 불덩이를 공을 쥐듯이 잡고 부러진 나무를 향해 던졌다.

콰앙!

파스스스!

나무와 부딪친 파이어 볼 마법이 커다란 굉음과 함께 터졌고, 허공에서 푸른 기운이 미약한 소리를 내며 사그라졌다.

그의 마법에 마법진이 부서졌고, 푸른 기운은 부서진 마법진에서 마나가 흐트러지는 모습이었던 것이다.

"이제 서울로 간다!"

창준은 나무가 불타는 것을 보면서 약간은 호기롭게 외쳤다.

그리고… 이글거리며 타오르는 불길을 잡기 위해 서둘러 마법을 외쳤다.

함각산에서 돌아온 창준은 바로 다음 날인 오늘 서울로 향했다. 어차피 서울로 가야 했고, 인테리어 공사도 끝난 시점이라 더 늦출 필요는 없었다. 아니, 오히려 서둘러야 했다. 빨리 가게를 정리하고 장사에 돌입해야 되기 때문이다.

그런데 계획에서 조금 달라진 것은 있었다.

"오빠, 버스는 몇 시야?"

환한 얼굴로 생글생글 웃으며 물어보는 사람, 바로 동행인 은미였다.

학교까지 빠지면서 따라오려는 은미였기에 어머니가 막아 주기를 바랐지만, 오히려 어머니는 그런 은미의 등을 떠밀며 같이 보냈다. 아무래도 이미 성인인 창준이지만, 홀로 서울까지 가서 장사를 하려는 것이기에 마음이 놓이지 않아 동생이라도 같이 보내는 모양이었다.

"휴우……."

"뭐야? 왜 땅이 꺼져라 한숨을 쉬고 있어? 어디 속이 안 좋아?"

은미는 창준이 이러는 이유가 자기 때문이라는 것은 정말 모르는지, 아니면 알면서 영악하게 이러는 것인지 창준은 알 수 없었다.

이미 따라가는 것으로 결정이 났고, 여기까지 같이 왔으니 돌이킬 수도 없다.

"이제 타러가야 된다."

"그럼 빨리 가자. 서울에 빨리 갔으면 좋겠다!"

반짝거리는 눈을 보니 아무래도 은미는 자신을 도와주는 것보다, 젊은이들의 거리라고도 불리는 홍대를 구경하고 싶다는 열망이 더 큰 것 같았다.

'하긴, 서울에 어렸을 때 한 번 간 것을 빼고 조금 커서는 한 번도 못가 봤었지?'

뭔가 기대하는 얼굴을 하고 있는 은미를 데리고 홍대거리를 구경시켜 주고 싶었지만, 솔직히 그럴 시간이 없었다. 밤에는 대단히 중요한 일을 해야 하기 때문이었다.

'나중에 질리도록 시켜줄게, 질리도록.'

미안하지만 지금은 마음속으로 이런 약속밖에 할 수 없었다.

대전을 출발한 두 남매는 약 1시간 30분이 지나자 서울 고속터미널에 도착할 수 있었다.

은미는 서울에 도착하면서부터 반짝이는 눈으로 이리저리 고개를 돌려가며 구경하기 바빴다. 창준의 눈에는 별것도 아닌데 저렇게 구경하는 모습을 보니 뭔가 서울에 대해서 환상을 갖고 있는 모양이었다.

창준은 익숙하게 은미를 데리고 전철을 탔다. 그리고 홍대입구역에서 내렸을 때는 은미의 기대는 대단했다.

"오빠, 저 가게 진짜 예쁘다!"

"대전에도 있어."

"오빠! 저것 봐봐, 액세서리 가게가 있어!"

"경쟁자 가게에 너무 빠져들지 마."

당연한 말이지만, 홍대에 있는 가게는 대단히 예쁘게 꾸며진 가게가 많다. 아니면 독특한 콘셉트를 가지고 있던지 말이다.

창준이 남자라서 무덤덤한 건지 몰라도 은미는 호들갑스럽게 구경하면서 연신 감탄사를 터뜨렸다.

구경하는 데 정신이 팔린 은미를 끌다시피 데리고 자신의 가게로 걸어갔다.

은미는 창준이 이끄는 대로 걸어가면서 구경을 하다가 점점 감탄사가 줄어갔다. 그건 벌써 익숙해졌기 때문이 아니라, 창준이 가는 곳으로 가면 갈수록 가게들은 줄어들고 볼 것도 없어져 갔기 때문이다.

그리고 은미의 얼굴은 점점 불안함에 굳어갔다.

아무리 은미가 고등학생이라고 하지만, 장사는 유동인구가 많은 곳에서 해야 된다는 기본적인 사실을 모를 리가 없다.

그런데 창준이 가게가 있는 곳이라고 가는 곳은 사람들도 별로 없고, 가게도 점점 줄어들었으며 오히려 주택가가 많아졌다.

'불안하네… 오빠가 돈이 모자라서 조금 허름한 곳을 가게로 삼았나?'

자신을 너무나 귀여워해 주고, 자신 또한 너무나 사랑하는 오빠가 실패해서 좌절하는 모습은 정말 보고 싶지 않았다.

창준은 점점 말수가 줄어들고, 그에 비례해서 얼굴은 굳어가는 은미를 힐끗 보고는 피식 웃었다.

은미가 무슨 생각을 하는지 모를 수가 없었다.

'가게를 직접 보면 까무러치는 것 아닌지 모르겠네.'

결론적으로 가게를 본 은미가 까무러치지는 않았지만, 입이 떡 벌어지기는 했다. 물론 그 의미가 그다지 좋은 것은 아니었다.

"여… 여기야?"

"그래, 멋지지?"

창준은 살면서 눈치없다는 말은 별로 들어본 일이 없다. 그러니 지금 은미가 보이는 반응이 멋져서 보이는 반응은 아니라는 사실은 알고 있다.

"그… 러네. 멋지다……."

환하게 웃으며 말하는 창준에게 아니라고 말할 수 없었는지 은미는 약간 억지로 대답을 했다.

은미의 이런 반응에 섭섭한 마음은 들지 않았다. 이미 창준 자신도 아주 잘 알고 있는 사실이었으니 말이다.

건물 자체는 나쁘지 않았다. 조금 허름한 느낌도 있지만, 여러 흔한 건물들보다는 예쁘다고 할 수 있다.

하지만 흔히 액세서리 가게가 입점해야 할 자리에 커피점이 있고, 정작 액세서리 가게가 2층에 있다는 것이 큰 문제다. 지나다니는 사람들에게 보여줘야 하는데 그럴 수가 없으니 아주 커다란 결격사항이다.

거기다가 가게로 올라가는 철제 계단은 붉게 녹이 슬어 있어서 뭔가 부실해 보였고, 창문도 작아서 답답하다는 느낌이다.

2층이 가게라는 사실을 알려주는 유일한 수단은 작은 창문들 위에 달려 있는 간판뿐이다.

그나마 간판은 제법 디자인이 예쁘게 되어 있지만, 이것도 역시 문제가 있었다.

"리세스(Richesse)……?"

"이름도 멋지지 않아? 보물이라는 프랑스어라고 하더라."

창준은 여전히 환하게 웃으며 말했다. 뭐가 문제인지 모르는 모양이었다.

이름이 멋지다는 사실이 문제는 아니다. 이름이 뭔가 있어 보이면 사람들이 더 좋아하는 일이 많으니까. 문제는 이 리세스라는 가게가 무슨 가게인지 이름만 봐서는 전혀 알 수 없다는 것이 문제다.

차라리 영어로 쓰여 있으면 궁금해서라도 들어오겠지만, 사람들이 잘 모르는 프랑스어라니 은미 입장에서는 환장할 일이다.

'지금 오빠는 뭐가 문제인지 모르는 것 아니야?'

"저기… 오빠."

"응?"

"내말 기분 나빠하지 말고 잘 들어줘."

"뭐든지 말해."

은미는 최대한 창준이 기분 나쁘지 않도록 순화해서 자신이 느낀 점을 하나하나 조곤조곤 설명했다.

하지만 그것을 듣고 있는 창준은 웃는 얼굴로 고개를 끄덕이면서 잘 듣고는 은미의 머리를 쓰다듬었다.

"내가 그런 것 하나 생각하지 않았겠냐? 이 오빠가 다 방법이 있어서 이렇게 준비한 거니까, 걱정하지 마라. 일단 가게로 올라가 보자."

창준은 먼저 앞서서 철제 계단을 따라 가게로 올라갔다. 그가 철제 계단을 오르자 철제 계단은 붉은 녹을 흘리며 불안한 쇳소리를 냈다.

'정말 알아들은 거 맞아? 무슨 방법으로 어떻게 할 건지는 말 안 해주는 거야? 하다못해 간판에 액세서리 가게라고 조그맣게 넣기라도 하지…….'

속으로는 이렇게 생각했지만, 창준이 만족하는데 거기에다 뭐라고 말할 수도 없었다.

한숨을 쉰 은미는 창준을 따라 허름한 철제 계단을 불안하게 올라 가게로 들어갔다.

"와아!"

가게 안으로 들어온 은미는 조금 탄성을 질렀다. 그래도 밖의 모습과는 다르게 깔끔하게 만들어진 내부 인테리어가 마음에 들었기 때문이다.

전체적으로 벽은 분홍색 페인트를 사용해서 화사한 느낌이 들었고, 천장에는 예쁘장한 조명이 달려 있었다. 입구에 붙어 있는 계산대는 안경점 수납대와 동일하게 만들어져 내부에 물건을 진열할 수 있게 만들어져 있다. 벽에는 액세서리를 걸 수 있게 되어 있고, 내부 중앙에 길게 액세서리를 놓을 수 있게 진열장이 놓여 있다.

깔끔하게 만들어진 모양을 보니 은미는 조금 불안감이 사라졌다.

"어때? 괜찮지? 여기서 물건을 진열해서 파는 거야."

"그 정도는 나도 알아. 생각보다 더 근사하다."

창준의 약간 과장되게 으스대는 말에 은미가 피식 웃어 보이며 말했다.

"여기가 일단은 내 숙소."

창준은 안쪽에 있는 문을 열어서 은미에게 보여줬다.

방문 안에는 미리 가져왔던 비즈 공예품이 들어 있는 박스와 작은 침대가 있었고, 테이블과 의자도 있었다. 넓다고 할 수는 없지만, 그래도 텔레비전에서 봤었던 고시원보다는 조금 더 큰 느낌이었다.

"아늑하네."

"그렇지? 이 정도면 아주 호사스러운 거지. 나중에 돈 많이 벌면 여기는 창고로 사용하고 나는 나가서 살 거야."

"그런 말은 돈을 많이 벌고 난 이후에 해야지."

"돈 많이 버는 건 시간문제거든."

창준의 말에 은미가 살짝 핀잔을 줬지만, 돈을 많이 버는 것은 낙관적으로 생각하는 창준이기에 웃어 보였다.

"일단 청소 좀 하고, 물건들도 진열을 해야겠다."

창준이 화장실로 가서 청소도구를 들고 오자 은미가 그의 손에 들린 청소도구를 빼앗았다.

"청소는 내가 할 테니까 물건이나 정리해."

"그럼 같이하자. 어차피 물건 미리 정리해 봤자 먼지 때문에 더러워져."

은미는 빗자루로 가게를 쓸었고, 창준은 대걸레를 가져와 바닥을 닦았다.

두 남매가 열심히 청소를 하고 있을 때, 누군가 가게 문을 열고 들어왔다.

"나 왔다."

"어? 뭐야, 너 어떻게 왔어?"

가게에 들어온 사람은 덕현이었다.

항상 바쁜 덕현이기에 오늘 올 것이라고 생각도 못했고, 오라고 말하지도 않았다. 단지 오늘부터 정리할 거라고 말을 했을 뿐인데, 이렇게 나타나니 창준은 조금 당황했다.

"전에 가게 주소 말해줬잖아."

"그게 아니라, 너 회사 어떻게 하고?"

"친구가 연고도 없이 서울에 장사하려고 올라왔는데 어떻게 가만히 있겠어? 뭐부터 도와주면 되냐?"

여전히 무뚝뚝하게 말하는 덕현이지만, 그의 입에서 친구라는 말이 나오자 괜히 울컥하는 마음이 들었다.

덕현의 입에서 나오는 친구라는 말은 그저 입바른 말이 아니라는 사실을 뼈저리게 알고 있기 때문이기도 하다.

"안녕하세요."

"아, 예……."

창준의 뒤에 있던 은미가 불쑥 튀어나와 환하게 웃으며 덕현에게 인사하자 덕현은 어색하게 인사를 받았다.

"오빠 친구 분이세요?"

"예……."

"이렇게 철없이 일부터 벌이는 오빠지만 우리 오빠 잘 좀 부탁드릴게요."

은미는 농담을 담아서 말했고, 덕현은 어색하게 웃으며 그 인사를 받았다.

"그리고 이거요."

은미가 바닥을 쓸던 빗자루를 덕현에게 내밀자 덕현은 엉겁결에 그것을 받았다.

"이건 왜……."

"자, 쓸어요. 저는 걸레 빨아서 닦아야 돼서요."

은미는 화사하게 웃으며 너무나 당연한 것처럼 빗자루를 덕현에게 넘기고 화장실로 들어갔다.

자칫 무례하게 보일 수도 있는 모습이지만 특유의 활달함과 귀여운 외모에 희석되어 무례하게 보이지는 않았다.

덕현은 얼떨떨하게 있다가 창준에게 슬쩍 물었다.

"누구야?"

"내 동생. 아! 그러고 보니 한 번도 서로 본 적이 없구나."

"동생이었구나! 음… 동생이었어. 몇 살이야?"

덕현의 창준의 말에 괜히 말을 되뇌면서 은미가 들어간 화장실을 힐끔힐끔 바라봤다.

남자라면 누가 봐도 알 만한 모습이다. 지금 덕현은 은미에게 호감을 느끼는 모양이다.

창준은 덕현에게라면 은미를 소개해 줘도 아깝지 않았다. 물론 지금은 그럴 수 없었다. 그럴 수밖에 없는 것이…….

"야, 정신 차려. 너 그러다가 여성부에 잡혀간다."

"어? 여기서 여성부가 왜 나와?"

"쟤 열일곱이거든."

"헉! 진짜?"

덕현은 크게 당황하며 되물었다.

이런 덕현이 조금 이해할 수 있는 게, 키도 크고 성숙한 외모를 가진 은미가 사복까지 입고 있으니 오해할 수도 있었다.

은미의 나이를 들은 덕현은 딱 거기까지 하더니 관심을 끊고 청소를 했다. 다른 남자들이라면 그래도 미련이 남아서 눈을 돌리지 못하겠지만, 평소에도 여자에 크게 관심이 없던 덕현이기에 미성년자라는 말에 조금 생기던 관심도 날려 버린 모양이다.

과연 정말 그런지 덕현의 속마음을 알 방법은 없지만, 일단 외관은 그랬다.

'나중에 둘이 잘 된다면 밀어줄 마음은 있으니까 나중을 기약해.'

이건 창준의 속마음이다.

덕현의 사람 됨됨이를 확실히 알고 있는 창준이다. 이런 남자는 보기 어렵다는 사실도 안다. 그러니 둘이 만약 좋은 만남이 있으면 응원해 줄 마음은 있다.

'그렇다고 나서서 해준다는 말은 아니지. 솔직히 아랍 왕자하고 결혼한다고 해도 내 동생이 아까운 건 어쩔 수 없으니까.'

창준의 이런 마음은 당연하다. 눈에 넣어도 아프지 않을 정도로 귀여운 동생 아닌가.

인정하는 건 인정하는 거고 소개해 주는 것은 별개의 일이다.

어쨌든 약간의 작은 소동을 뒤로하고 세 사람은 시간 가는 것도 모르고 장사 준비에 집중했다.

청소는 그리 오래 걸리지 않았지만, 많은 비즈 공예품을 진열하는 시간은 생각보다 오래 걸렸다.

그래도 준비는 해가 지기 전에 끝났다.

창준은 준비가 끝나자 서둘러 은미를 집으로 보냈다. 늦은 시간에 귀여운 동생을 혼자 보낼 수는 없는 일이다. 미리 어머니와 연락을 했기에 터미널에 어머니가 은미를 마중 나올 것이다.

은미는 헤어지기 직전까지 창준에 대한 걱정에 어머니가 할 만한 이런저런 잔소리를 늘어놓고 대전으로 내려갔다.

"나도 간다."

"응? 뭐야, 그냥 가려고? 술이라도 한잔하자. 이렇게 도와줬는데 어떻게 그냥 가려고 그래?"

"회사 들어가 봐야 돼."

"휴가 낸 것 아니었어?"

"그렇기는 한데, 회사에서 연락이 계속 오는 게 심상치가 않다. 내일 고생하지 않으려면 회사 들어가야 될 것 같아."

아무래도 무리해서 창준의 가게로 나왔기 때문에 야근을 하려고 회사를 가는 모양이었다.

덕현의 따뜻한 마음이 전해졌다. 그래도 친구라고 무리해서 나와 도와준 것을 보니 다시금 울컥하는 마음이 들었다.

"알았어. 대신에 나중에 내가 진짜 제대로 쏜다! 그거 거절하면 너 진짜 나쁜 놈이다!"

"걱정마라. 아주 단단히 뜯어먹을 각오하고 나올 테니까. 그럼 나 먼저 간다."

덕현은 손을 흔들어 보이고는 버스정류장으로 향했다.

걸어가는 덕현의 뒷모습을 보는 창준은 다시 한 번 저 친구에게 꼭 보답을 하겠다는 마음을 단단히 먹었다.

*   *   *

은미와 덕현을 보내고 다시 홍대에 있는 가게로 돌아온 창준은 이제야 자신이 해야 할 일을 할 시간이 생겼다.

사실 오늘 은미와 덕현이 오지 않았다면, 낮부터 했을 일이었다.

'그렇다고 원망하거나 탓하는 것은 아니지만……'

두 사람이 어떤 마음으로 이곳에 와서 도와주고 갔는지 누가 설명해 주지 않아도 절실히 느끼고 있는 창준이기에 오히려 그들의 따뜻한 마음이 전해져 기분이 좋았다.

철제 계단을 오르기 전, 잠시 간판을 물끄러미 바라보던 창준은 희미하게 웃으며 철제 계단을 올랐다.

가게에 들어온 창준은 일단 주변을 둘러보고는 가볍게 마법을 사용했다.

"클린."

샤아악!

마법의 사용과 함께 클린 마법 특유의 맑은 바람이 가게를 한 바퀴 휘돌고 사라졌다.

이미 청소를 해서 깨끗한 가게지만, 마법 한 번에 청소로는 해결하지 못한 미세먼지들도 깔끔히 없어져 버렸다.

깔끔하게 변한 가게 내부를 바라보던 창준은 진열된 비즈 공예품을 훑어봤다.

'모든 공예품에 매혹 마법진을 각인할 필요는 없어. 내가 그럴 여유가 없다는 이유도 있지만…….'

창준은 이 모든 공예품들에 매혹 마법진을 설치할 생각은 처음부터 하지 않았다.

많은 공예품에 매혹 마법진을 설치하면 그만큼 더 많이 팔리겠지만, 일부 공예품에 매혹 마법진을 각인하고 나머지는 정상적으로 판매를 하려고 한다. 수연을 통해서 받은 비즈 공예품의 디자인이 뛰어났기에 마법진을 통해서 판매되는 부분을 제외하고도 꽤 판매가 될 거라고 생각했다.

이런 생각을 한 이유는 현실적으로 모든 공예품에 매혹 마법진을 각인할 시간이 모자라기 때문이다.

대신 수입의 극대화는 다른 품목으로 꾀할 수 있다.

바로 수연이 만든 비즈 공예품이다.

다른 공예품과 눈에 띄게 차이가 나는 수연의 공예품은 이렇게 그냥 팔기에는 대단히 아까운 일이다.

그래서 창준이 생각한 방법은 수연의 공예품은 경매를 통해서 파는 것이었다.

'다른 공예품과 차별화시키면 경매 수입은 몇 배는 차이가 날거야. 일단 공예품에 작업을 하기 전에 가게를 조금 손봐야겠어.'

가게를 보고 온 이후에 앞으로 이 가게에 어떤 마법진을 사용할 것인지 미리 준비를 했었다.

고객들이 물건을 보면서 최대한 쾌적한 환경에서 쇼핑을 하도록 만들어야 한다는 사실은 기본이다.

지금 가게가 문제가 있는 것은 아니지만, 통풍이 잘 안 되는 작은 창문은 가게가 조금만 더워도 사람들이 이곳을 더 답답하게 생각할 수 있다.

가게를 쾌적하게 만들 수 있는 마법진은 2서클 마법진 중에 있는 컴퍼터블(Comfortable) 마법진이다.

창준은 천장에 달려 있는 예쁘장하게 생긴 조명 뒤에 각인 마법을 펼쳐 이 마법진을 설치했다.

근래 각인 마법을 워낙 많이 사용해서 이제는 공예품에 마법진을 각인하면서도 불량이 나지 않고 있었다. 물론 평소에 각인하는 매혹 마법진과 다른 마법진이지만, 이미 요령이 생겼기 때문에 1, 2서클 마법진은 오류가 없었다.

컴퍼터블 마법진을 활성화시키자 새집에서 나는 것 같은 약간 불쾌한 냄새는 순식간에 사라지고 방 안도 덥지도 춥지도 않은 온도로 만들었다. 이 정도면 이곳에 들어오는 사람들은 사시사철 쾌적한 느낌을 받을 것이다.

그 다음 창준이 마법진을 설치하려고 간 곳은 바로 계단이다.

이런 불안한 계단은 물건을 사려고 왔던 사람이 되돌아가게 만들 위험이 있기에 반드시 조치를 취해야 하는 부분이다.

이번에 창준이 사용한 마법진은 솔리드(Solid) 마법진으로 마법진이 적용된 물체를 단단하게 만드는 효과가 있었다.

원래 이 마법은 그쪽 세계에서 돈 많은 귀족이 집을 둘러싸고 있는 벽을 단단하게 만들려는 의도로 사용하던 마법이었기 때문에 창준이 의도하는 바와 일치하기도 했다.

솔리드 마법이 각인되고 활성화되자 검붉은 녹이 보이던 철제 계단은 마치 다시 페인트를 칠한 것처럼 흑색에 가까운 색으로 변했다.

물질의 본질이 가지는 능력을 극대화시키는 방법을 사용하는 솔리드 마법은 철제 계단이 본래 가지고 있던 색을 다시 밖으로 꺼낸 것이다.

두 가지 마법진을 사용했을 뿐이지만, 이 가게에서 꼭 필요한 부분이 대부분 해결되었다.

하지만 창준은 한 가지 마법을 더 적용하려고 했다.

그것은 익사이트먼트(Excitement) 마법진이라고 하는 마법진으로 사람을 흥분하도록 만드는 마법진이다.

이 마법의 원래 용도는 전장에서 아군의 사기를 고취시키기 위해 약간의 선동에도 흥분하도록 고위 귀족이나 장군이 연설하는 장소에 은밀히 설치되던 마법진이다.

물론 창준은 자신이 누군가의 사기를 고취시킬 생각이 전혀 없었다. 단지 이곳에 들어와서 물건을 보는 사람들이 약간 흥분하도록 만들어서 물건을 구입하려고 하는 욕구를 자극하려고 할 뿐이다.

이런 그의 목적에 충족하려면 너무 과하게 마법진을 적용하면 안 된다. 너무 과하게 만들 경우, 오히려 같은 물건을 사려고 하는 사람들끼리 싸움까지 일어나게 만들 수 있는 민감한 문제이기 때문이다.

창준은 자신이 지낼 숙소에도 소소한 마법을 적용할 생각이지만, 그건 지금 당장 할 필요가 없었다. 이것은 자신이 조금 불편할 뿐이지, 지금 당장 마법을 적용하지 않아도 문제가 발생하는 것은 아니니까.

창준은 카운터가 있는 쪽으로 와서 아직 진열하지 않았던 수연의 공예품을 꺼냈다.

　창준이 꺼낸 것들은 수연이 꽃을 이미지화시켜서 만든 비즈 공예품이었다.

　진열장 위에 하나씩 늘어놓은 창준은 일단 이 공예품에 매혹 마법진을 각인했다. 아마 지금까지 팔던 제품들은 이 매혹 마법진만 설치하면 끝나는 일이었다.

　하지만 수연이 만든 공예품은 이 정도로 끝낼 마음이 없었다.

　'경매로 파는 거야. 매혹 마법진도 다른 것들보다 조금 더 강하게 했지만, 이 정도로는 경매에서 나오는 가격에 못 미칠 수도 있지.'

　아마 손님들이 많은 상태에서 경매를 진행하면 가격은 천정부지로 올라갈지도 모른다. 그렇게 가정했을 때, 창준은 공예품을 팔고 마음이 편치 않는 것을 바라지 않았다.

　사실 마법진이 각인된 물품들은 1서클 마법진이라고 하더라도 매우 고가에 팔리기 때문에 미안할 필요는 없다. 하지만 그것을 모르는 창준은 뭔가 부족하다고 느끼는 것이다.

　'보석이라고 부를 수는 없지만, 보석 수준의 가치를 가진 공예품을 만들려면… 최소한 보석처럼 빛나야 하겠지.'

　창준은 수연의 공예품을 향해서 손을 내밀고 입을 열었다.

"스탬프."

마법진이 각인된 것을 확인한 창준은 마법진에 오류가 없는지 확인하고 마법진을 활성화시켰다.

그러자 공예품이 전등에 반사시키는 빛이 뭔가 화려해졌다. 마치 어두운 창고에 가지고 가더라도 반짝일 것 같은 신비한 빛이다.

이것은 샤이닝(Shining) 마법진으로 마법이 적용된 물건이 빛에 반응하여 더 찬란하게 빛나도록 만드는 마법이다.

수연에게서 공예품을 받을 때부터 이 공예품을 판매할 때, 다른 공예품들과 차이를 둬야 한다는 사실은 생각했었다. 그래서 생각한 것이 스스로 빛을 발하지는 않지만, 외부에서 빛이 작용하면 스스로 더 반짝이게 만드는 이 샤이닝 마법진을 적용해 봤었다.

결과는 놀라웠다.

매혹 마법진과 더불어 보석처럼 빛나도록 샤이닝 마법진을 적용하자 두 마법이 서로 상승 작용을 일으켜 공예품이 가진 매력은 두 배 가까이 늘어나도록 만들었다.

외부적으로 드러나는 부분에서도 마법진을 적용해서 보이는 특유의 무늬가 더 아름답게 변해 설혹 매혹 마법이 아니라고 하더라도 누구든지 이 공예품에 더 눈이 갈 정도였다.

'이 정도면 일반적으로 파는 공예품과 확실한 차이점이라

고 할 수 있겠지.'

창준은 수연의 공예품을 미리 준비한 고급스러운 케이스에 잘 넣어서 계산대에 있는 유리로 만든 진열대에 하나씩 집어넣었다. 물론 안의 내용물은 보이지 않도록 케이스를 닫아놓은 상태다. 만약 열어놓으면 공예품을 사려고 왔던 사람들이 다른 물건에 관심도 없고, 이것만 구입하려고 할 테니까.

만족스러운 미소를 지은 창준은 수연이 만든 다른 공예품도 방금 전에 사용한 것처럼 마법진을 하나씩 집어넣었다.

지금 창준은 1, 2서클 마법진은 각인 마법에서 오류가 나지 않았다. 그렇기 때문에 그가 마법진을 적용해서 만든 공예품들의 숫자는 더 많이 늘어났다. 나중에 이 각인 마법도 다중으로 사용할 날이 올 것이다. 그러면 지금처럼 하나씩 마법진을 적용하는 일도 사라질 것이다.

창준은 마법진을 적용한 비즈 공예품을 따로 모아놓지 않았다. 가장 앞에 있는 것도 있지만, 일부 마법진이 적용된 공예품들을 그렇지 않은 공예품 뒤에 가려놓기도 했다.

이렇게 마치 숨겨놓는 것처럼 놔두는 이유는 당연히 있었다. 조금이라도 다른 공예품에 시선이 가도록 하려는 효과도 있었고, 손님들이 쇼핑하는 재미를 주도록 하려는 의도다.

가장 예쁘고 마법진이 적용된 공예품만 앞에 놔두면 숨겨진 다른 물건을 찾는 재미가 없다. 창준도 들은 얘기지만, 이런 것이 여자에게는 대단한 재미를 준다고 한다.

어떤 대학 교수가 연구한 내용에 따르면, 원시시대에 남자는 사냥을 해서 식량을 마련했고, 여자는 과일이나 채소와 같이 채집하는 일을 해서 식량을 마련했다. 그래서 그 본능이 남아 있어, 남자들은 물건을 살 때 구입하고자 하는 물건을 찾으면 그 물건만 구입하고, 여자는 채집하던 본능이 남아 있어 물건을 하나하나 모두 비교하면서 구입하고 그것에 재미와 즐거움을 느낀다고 한다.

이 말이 사실인지는 모르나, 창준이 생각하기에도 이렇게 물건을 조금 숨겨놓으면 쇼핑의 즐거움을 줄 것 같은 가벼운 생각이었다.

'조금 해보다가 아니다 싶으면, 원래대로 돌리지.'

진열된 공예품에 마법진을 적용하는 일이 끝나자 시간은 이미 밤 12시가 훌쩍 넘은 시간이었다. 피곤할 만도 하지만, 완벽하게 준비가 된 가게의 내부를 보자 피곤한 것도 모를 지경이었다.

그래도 준비는 모두 끝났기 때문에 내일이라도 당장 장사를 시작할 수 있으니 마음은 뿌듯했다.

'내일부터 본격적으로 장사 시작이다!'

CHAPTER
08

홍보를 하자!

ALCHEMIST

한국 사람이라면 뉴스에서 한 번 이상은 들어본 적이 있는 곳이 바로 국가정보원(NIS, National Intelligence Service)이다.

국가정보원은 과거 국가안전기획부, 속칭 안기부라 불리며 한때 공포의 대상이 되기도 했던 곳이다. 이제는 1998년을 기점으로 국가안전기획부라는 이름에서 국가정보원(약칭 국정원)이라는 이름으로 개칭했다.

이곳 국정원은 내부에 수많은 부서로 나눠져 저마다 중요한 임무를 수행하게 되는데, 우리가 흔히 알고 있는 북한을 대상으로 한 일들부터 마약, 총기류 밀수, 산업, 군사기밀 누설 등 다양한 업무를 보고 있다.

국정원에서 일어나는 일들은 내부 부서끼리도 공유가 거의 안 되어 서로의 일들을 자세히 알지 못한다. 물론 그들도 사람 사는 곳이니 만큼 어느 정도 짐작은 하지만······.

그런데 이 국정원의 많은 부서 중에서 특히 고립되다시피 다른 부서와 동떨어져 어떤 정보도 흘러나오지 않는 부서가 있다.

특수 4과.

특수라는 이름이 붙은 다른 부서들은 은근히 흘러나오는 이야기가 많다. 일례로 몇 년 전에 중국으로 첨단기술을 빼돌리던 산업스파이를 잡은 곳이 특수 2과였다.

그런데 이곳 4과는 지금까지 그 어떤 일도 흘러나오지 않았다. 무려 안기부라고 불리던 때부터 유지되던 곳이란 말만 있을 뿐이다.

4과에서 하는 일, 구성원 등이 모두 비밀에 붙여진 이곳은 국정원에 근무하는 다른 사람들이 꺼리는 시선으로 바라봤다.

그들 사이에서 도는 소문으로는 이곳이 국정원 내부를 감시하는 감사과라는 소문이 있기 때문이었다. 하지만 홀로 떨어져 있는 특수 4과 내부의 모습은 그들이 생각하는 것들과 상당히 달랐다.

커다란 사무실에 겨우 네 개의 책상만 있을 뿐이어서 뭔가 휑한 느낌이 들었다. 거기다가 그 책상에 앉아 있는 사람들은 많은 소문을 몰고 다니는 감춰진 사람답지 않았다.

가운데 제일 큰 책상에 앉은 사람은 두 다리를 책상에 올리고 얼굴은 신문을 올린 상태로 자고 있었다. 양말 한 짝이 벗겨진 모습이 참 서민적이다.

그의 좌측에는 꽤 깔끔하게 생긴 여자 한 명이 앉아 있었는데, 뭐가 그리 바쁜지 휴대폰으로 누군가와 대화를 하고 있었다.

"어머! 진짜? 샤넬이 그렇게 싸게 나왔다는 말이야? 꺄악! 거기 어디… 아니다, 오늘 저녁에 선릉역에서 만나. 그럼! 그런 신상은 바로바로 사줘야지!"

그녀가 하는 말이 암호가 아니라면, 그리 귀를 기울여 들을 필요는 없는 말인 것 같았다.

그녀의 맞은편에 있는 두 책상 중에서 하나는 주인이 자리를 비웠는지 없었고, 다른 한 책상에는 호리호리하게 생긴 남자 하나가 귀에는 헤드셋을 쓰고 키득거리면서 열심히 게임을 하고 있다.

망해가는 소기업 사무실 모습처럼 보이는 이곳이 철저하게 모습이 드러나지 않은 특수 4과의 모습이다.

따르르릉!

전화기가 요란하게 울리며 자신을 받아달라는 의사표현을
했다.

하지만 호리호리한 남자는 헤드셋을 쓰고 있어서 안 들리
는 모양이었고, 여자는 전화하는데 방해된다는 듯이 전화를
받지 않는 다른 귀를 손으로 막기만 했다. 두 사람 모두 전화
를 받을 생각은 없는 모양이었다.

결국 신문으로 얼굴을 덮고 있던 남자가 신문을 치우며 일
어났다.

"아으! 전화 좀 받아라! 시끄러워 죽겠네!"

머리가 벗겨졌고 50대는 되는 것 같은 남자가 두 사람을 향
해 소리쳤다.

"야! 박현욱! 야!"

남자가 호리호리한 남자의 이름을 부르며 소리쳤지만, 아
예 듣지도 못하고 있었는지 여전히 히죽거리며 게임하기에
바빴다.

남자의 시선이 핸드폰으로 바쁘게 전화를 하고 있는 여자
를 향했다.

"정선아, 너라도 전화를 받……."

"바빠요! 나 부장님이 받으세요. 어머어머! 내가 그럴 줄
알았다니깐! 그러니까 내 말을 들었어야……."

정선은 자신을 부르는 나 부장에게 말하고는 친구와 수다

에 집중했다. 그 모습에 나 부장의 얼굴이 일그러졌다.

"야! 너네들 너무 개판이잖아! 전화는 받아라, 좀! 하루 종일 노는 것은 그렇다고 하자고! 그래도 전화는 받아야 할 것 아니야!"

나 부장이 이렇게까지 말하자 정선은 더 이상 전화를 하고 있을 수 없었다. 따지고 보면 여기서 가장 막내인 그녀가 전화를 받는 것이 맞았다.

"나중에 전화하자. 전화가 왔어. …그러게 말이야. 그러면 나중에 할게."

전화를 끊은 정선은 나 부장을 향해 혀를 내밀어 보이고는 전화를 받았다.

"4과입니다. 어? 승철 선배였어요? 부장님이요? 옆에 계신데 왜… 네?"

정선이 경악한 얼굴이 되더니 자리에서 벌떡 일어났다. 그녀는 얼마나 놀랐는지, 얼굴이 새파랗게 변하고 몸은 사시나무 떨듯이 벌벌 떨었다.

그 모습에 게임에 빠져 있는 현욱의 뒤통수라도 때리려고 다가가던 나 부장이 그녀를 바라봤다.

"왜 그래? 무슨 일인데 처녀가 임신이라도 한 것마냥 놀라고 난리야?"

"부, 부장님……."

"뭐?"

"사, 상황이 발생했대요……."

우당탕!

상황이 발생했다는 말에 나 부장이 놀라 자신의 발에 걸려 꼴사납게 바닥에 나자빠졌다.

"사… 상황?"

아프지도 않은지 벌떡 일어나 경악한 얼굴로 말하는 나 부장에게 정선이 수화기를 내밀었다. 나 부장은 후다닥 달려와 그녀가 내민 수화기를 받았다.

"여보세요!"

─부장님, 상황이 발생했습니다!

"그게 무슨 소리야? 상황이라니! 아니, 그게 어떻게 우리 선까지 와서……."

─지금 그게 문제가 아닙니다! 확실히 상황이 발생했다니까요!

"너 잘못 본 거는 아니지? 나중에 착각했다고 하면 시말서로 안 끝난다!"

─못 믿겠으면 부장님께서 여기로 와보세요.

"오냐, 내가 당장 달려간다! 거기가 어딘데?"

─대전 함각산입니다.

　　　　　*　　　　　*　　　　　*

"아… 정말 울적하다."

창준은 계산대에 상체를 엎드리고 중얼거렸다. 그의 표정
은 그가 말하는 것처럼 울적해 보이기도 했다.

그의 표정이 이럴 수밖에 없는 이유가 있었다.

야심차게 시작한 액세서리 점포 리세스가 장사를 시작하
고 삼 일이 지났는데도 손님이 한 명도 없었던 것이다.

물론 이곳이 위치도 안 좋고, 액세서리 장사를 하기에 최악
이라는 점에서 힘들 것이라 예상은 했었다. 하지만 매혹 마법
진이 가미된 공예품이라면 이 모든 난관을 이길 것이라고 생
각했다.

창준이 생각한 것은 대단한 것은 아니었다.

물건이 좋으니 이것을 구매한 사람이라면 다시 이곳에서
공예품을 사려고 올 것이라고 여겼고, 그렇게 한 사람 두 사
람 늘어나면서 입소문이 날 것이라고 막연히 생각했다.

입소문이 퍼지면 사람이 몰리는 것은 순식간이다. 그러면
초반에 부진했던 판매는 후에 모두 충당할 것이라 예상한 것
이다.

하지만 여기에는 결정적인 문제가 있었다.

'그러려면 일단 한 명이라도 손님이 와야 되는 것이잖아.

이렇게 사람이 없으면…….'

제품에 자신이 있는 회사가 마케팅에 신경을 쓰지 않아 실패하는 사례는 생각보다 사회에서 흔하게 일어나는 일 중에 하나다.

그것은 창준에게도 동일하게 일어나는 중이다.

"이러다가 대차게 말아먹는 것 아니… 헙!"

창준은 자신도 모르게 중얼거리다가 서둘러 입을 막았다가 자신의 머리를 마구 헝클어뜨리며 자리에서 일어났다.

'이대로 가만히 있을 수 없어! 무슨 방법을 생각해 내야 돼!'

계산대에서 나온 창준은 방법을 생각하기 위해서 공예품이 진열된 매장을 빙글빙글 돌았다. '

'방법을 생각하면 꼭 없다고 할 수는 없기는 하지…….'

그렇지 않아도 어제부터 여러 가지 방법을 생각하기도 했었다. 굳이 오늘까지 보지 않아도 결과는 불 보듯 뻔했으니까 말이다.

가장 처음 생각했던 방법은 간판이나 계단에 매혹 마법진을 사용하는 것이었다. 하지만 이것은 금세 포기했다.

간판에다가 매혹 마법진을 사용하면, 사람들이 지나가면서 간판에 집중을 할 것이고 그들이 가게로 들어올 확률은 높아진다. 하지만 멀리 지나가는 사람들에게 그 정도 관심을 끌려고 하면 매혹 마법진의 출력을 높여야 하고, 그렇게 했을 경우 이 근처에 사는 사람들에게 어떤 영향을 미치게 될 것이다.

다음으로 생각한 것은 대전에서처럼 다시 노점상을 하는 것이다. 그런데 홍대에서 노점상을 하는 것도 쉬운 일이 아니다.

홍대에서 노점상은 단속이 제법 빈번하게 일어난다. 그렇기 때문에 단속이 그나마 적은 밤 10시 이후에나 노점상을 할 수 있다. 단속을 피해도 근처 점포를 운영하는 사람이 난리를 피우는 경우도 많이 일어난다. 거기다가 이런 곳에서는 노점상을 했을 때, 건달과 같은 사람들이 자릿세를 요구하는 등, 대전에서 게릴라식으로 노점상을 했을 때보다 문제가 대단히 많았다.

이외에도 별 생각을 많이 해봤지만 마땅한 것이 없었다.

그러다가 문득 이런 생각이 들었다.

'잠깐… 그러면 가판대에서 판매를 하는 것이 아니라, 홍보용 행사를 하는 것은 어떨까?'

갑자기 생각난 것이지만, 생각할수록 나쁘지 않았다.

먼저 사람이 가장 많이 모이는 곳에서, 공짜로 공예품을 뿌리는 것이다. 물론 공예품을 가져가는 사람들에게 가게 약도를 함께 주는 것은 기본이다.

사람이 많은 곳에서 매혹 마법진이 각인된 공예품을 판매하면, 아마 순식간에 사라질 것이다. 그러면 단속이니, 영업권 침해니 하는 일들에 엮이지 않을 수 있다.

장담하건대 자신이 전해준 공예품을 받은 사람들은 반드시 다시 가게를 찾아올 것이다.

행사하는 것으로 생각이 정해지자 그에 파생되는 여러 가지들이 떠올랐다.

'행사를 한다고 하면 도와줄 도우미들이 있으면 좋겠는데…… 은미를 불러서 도와달라고 할까? 낮 시간만 주말에 올라와서 도와달라고 하면 크게 어려운 일은 아닐 거야. 그리고 공예품을 무한정 뿌리면 엄청난 손해가 되니까, 경매할 것이라는 것을 좀 더 강조하는 것도 좋겠다!'

은미를 부르는 것이 조금 걸리지만, 저녁에 할 것도 아니고 대낮에 행사를 할 것이니 나쁘지 않을 것 같았다.

수연이 만든 공예품을 사진으로 찍어서 전단지를 만들어 뿌리면 경매에 대한 홍보 수단도 될 것이다.

'그런데… 사진으로 공예품을 찍어도 매혹 마법진의 효과가 나타날까?'

시도해 보지 않았으니 알 수가 없다. 확인을 해보려면 사진을 찍어서 다른 사람에게 보여줘야 했다.

창준은 자신이 펼친 마법에 영향을 받지 않는다. 하지만 그렇다고 마법이 적용됐는지 확인하지 못할 정도는 아니다. 마법이 펼쳐진 곳에서 나오는 마나를 기본적으로 느낄 수 있으니까.

실험을 하는 이유는 마법이 적용되었을 경우, 그것이 충분히 사람을 유혹할 정도의 힘이 있는가에 대해서 확인하려는 것이다.

주머니에서 구식 휴대폰을 꺼낸 창준이 휴대폰에 달린 카메라를 이용해서 수연이 만든 공예품을 찍었다.

결과는 그다지 좋지 못했다. 매혹 마법진이 느껴지지 않았기 때문이다.

'하긴, 마법진에서 나오는 마나가 전파를 타고 움직이는 게 가능할 리가 없지.'

마나가 전파를 타고 움직인다는 것은 불가능하다고 단언하기는 힘들다. 자신이 사용하는 마법만 보더라도 비상식적이지 않은가.

하지만 실제로 마법이 펼쳐진 물건이 아닌, 그것의 그림에 불과한 사진이 그와 동일한 힘을 보일 것이라는 생각은 실현 가능성이 적어 보였다.

'그래도 샤이닝 마법진을 사용해서 그런지, 반짝이는 게 예쁘기는 하다. 이 정도면 홍보용으로 나쁘지 않기는 해.'

그렇다고 그냥 사진만 찍을 생각은 없었다. 효과를 두 배로 볼 수 있는 방법이 있는데, 그것을 사용하지 않을 사람은 없을 것이다.

더군다나 매혹 마법진이 걸린 공예품을 공짜로 나눠주는 상황이라면 단지 반짝이는 게 예쁜 공예품 사진 정도는 그냥 무시당할 가능성도 높았다.

창준은 일단 수연의 공예품을 꺼내서 조명이 반사되어 아름답게 반짝이는 모습을 휴대폰 사진기에 최대한 담으려고 했다. 어차피 전문적으로 배우지 못한 창준이 할 수 있는 방법이라고 해봐야 얼마 되지 않는다. 그렇기에 사진을 찍는 것은 그리 오래 걸리지 않았다.

구형 휴대폰의 작은 액정을 통해서 보이는 반짝이는 공예품을 보면서 창준은 스스로 만족했다.

'시간이… 은미가 학교 끝났을 시간이네.'

창준은 은미에게 전화를 걸었다. 신호가 몇 번 울리기도 전에 은미가 전화를 받았다.

—오빠, 이렇게 빨리 웬일로 전화를 다 했어?

"학교는 잘 다녀왔어?"

—당연하지. 지금 집에 도착했어.

용건을 말하기에 앞서 소소하게 안부를 물어보며 대화를 하다가 은미가 먼저 물었다.

—그런데 전화를 한 게 안부를 물어보려는 것은 아닌 것 같

은데? 무슨 일이야?

"눈치챘어?"

—내가 오빠랑 같이 몇 년을 같이 살았다고 생각해? 빨리 말해봐.

"내가 사진을 하나 보낼 테니까 어떤지 말해줘."

—뭔데? 보내봐.

"기다려 봐."

전화를 끊은 창준은 휴대폰에 저장된 공예품의 사진을 보내줬다. 그리고 잠시 후, 은미가 전화를 걸었다.

"봤어?"

—응, 봤어.

"어때?"

—예쁘던데? 이거 오빠가 팔려고 하는 공예품 맞지?

"그럼! 갖고 싶어?"

—갖고는 싶은데, 이거 팔아야 되는 물건이잖아. 아직 대박 난 것도 아닌데, 염치없게 달라고는 안 할게.

은미의 말을 듣고 확실히 결론이 났다. 매혹 마법진은 사진을 통해서는 전해지지 않았다.

'할 수 없지. 일단 전단지를 만들어서 거기에도 마법진을……'

—오빠? 전화 받고 있어?

"아! 미안하다. 잠깐 뭐 좀 보느라고."

─공예품 예쁜 건 내가 인정할 테니까 걱정 말고 많이 팔기나 하세요.

은미는 단지 창준이 확인하려고 사진을 보여줬다고 생각하는 모양이었다.

"그건 너나 걱정하지 마라. 그나저나 너 일요일에 약속 있어?"

─아니, 그냥 집에 있을 거야.

"그러면 서울에 올라와서 하루만 나 좀 도와줘라"

─오빠가 부른다면 바로 달려가야지. 근데 무슨 일이야?

"일요일에 여기서 이벤트를 하려고 하는데 손이 부족해서 말이야"

─그런 일이라면 얼마든지 말해도 돼. 그러면 일요일 몇 시까지 가면 돼?

은미는 창준의 요청을 흔쾌히 대답했다. 창준은 세부적인 내용을 말하고 은미와 약속을 정한 이후에 전화를 끊었다.

'혹시나가 역시나군.'

휴대폰에 찍힌 사진에서 마나가 느껴지지 않았었지만, 혹시나 하는 마음에 은미에게 확인을 했던 것이다. 그리고 자신이 잘못 느낀 것이 아니라는 사실도 확인할 수 있었다.

이제 확인할 것이 끝났으니 준비할 일만 남았다.

창준은 가게를 나와서 문을 잠그고 가까이 있는 PC방으로 향했다.

PC방에 도착해 빈자리에 앉은 창준은 파워포인트를 이용해 간단한 전단지를 만들었다.

1장짜리 전단지는 대단히 간단한 구조로 만들었다. 상단에는 휴대폰에서 복사한 공예품 사진을 커다랗게 넣었고, 중간에는 가게에 대한 정말 간단한 설명 두 줄이 붙었으며, 마지막 하단에는 가게 위치가 있는 지도를 넣었다.

이런 홍보물을 전문적으로 디자인 및 인쇄하는 곳이 많이 있다. 하지만 이미 돈이 별로 없는 창준은 전문 업체에게 맡기는 것은 생각하지도 않았다.

대략적으로 만들고 나름대로 꾸미기까지 끝난 창준은 파일을 메일로 발송했다. 군대에 있으면서 여러 가지 들은 것이 많아, 인쇄소에 파일만 보내면 된다는 것을 알고 있었기에 프린터로 인쇄를 하지 않았다.

PC방에서 나온 창준은 가까운 인쇄소를 찾아가 인쇄를 맡겼다. 가격은 이천 장을 인쇄하면 몇 만 원 하지 않았다. 만약 이것을 의뢰로 맡겼으면 디자인 값에 인쇄비까지 십여 만 원은 족히 나왔을 것이다.

인쇄소에서는 별다른 일이 없었는지, 의뢰한 전단지가 나온 것은 그리 오랜 시간이 지나지 않아서다.

창준은 전단지를 받아서 가게로 돌아왔다.

전단지를 확인했지만, 처음 자신이 만든 것과 동일하게 나와 있어서 별다를 게 없었다.

'별다를 것이 없는 이 전단지에 마법진을 살짝 입히면……'

창준이 일단 한 장의 전단지에 스탬프 마법을 사용하자 전단지 한쪽 귀퉁이에 손톱의 절반만 한 마법진이 새겨졌다. 마치 도장처럼 보이는 마법진의 모양이 만족스러웠다.

전단지에 각인된 마법진은 큐리어시티(Criosity) 마법진이었다. 이 마법진 역시 1서클 마법진으로 효과는 단순히 호기심을 증폭시키는 효과가 있었다.

이 마법진은 1서클 마법이란 것에 어울리지 않게 무려 5서클의 고위 마법사가 만든 것으로 마법진의 안정성이 무척 뛰어났다.

이런 얘기들이 있다는 것을 잠시 떠올렸던 창준이지만, 이내 금방 잊어버리고 마법진을 활성화시켰다. 그러자 마법진이 잠시 은은한 빛을 발하다가 가라앉았다.

마법진을 잠시 점검을 해본 창준은 이상 없이 들어간 것을 확인하고 만족했다.

매혹 마법진을 사용하면서 숙련이 되어 이제는 1서클 마법진 정도는 오류 없이 사용하는 게 가능했다.

하지만 창준은 남은 이천 장의 전단지를 보면서 한숨을 쉴 수밖에 없었다. 이것들 전부 일요일이 되기 전에 모두 마법진을 새길 생각을 하니 앞이 깜깜해지는 기분이었다.

'어쩔 수 없지. 가게를 잠시 쉬는 한이 있더라도, 나중을 위해서 전부 마법진을 새기는 수밖에.'

대단히 힘든 일정이 되겠지만, 창준이 선택할 것은 이것 하나밖에 없었다.

며칠 만에 서울로 올라온 은미는 알아서 창준이 있는 홍대까지 지하철로 이동했다. 지하철을 내려서 아직 익숙하지 않은 길을 따라 창준의 점포까지 걸어가는 시간은 그리 길지 않았다.

점포에 도착한 은미는 부실해 보이던 철제 계단이 말끔해진 것을 보고 창준이 고생했겠다고 생각하며 계단을 올라 점포에 들어섰다.

점포 문은 열려 있었는데, 안에는 아무도 없었다.

"오빠, 나 왔어."

은미의 외침이 들리고 잠시 후, 창준이 숙소로 사용하는 곳의 문이 열리며 창준이 나왔다.

"왔냐……."

"헉! 오, 오빠 얼굴이… 얼굴이 왜 이 모양이야?"

작은 창으로 들어오는 햇빛에 비친 창준의 얼굴은 눈 밑에 다크서클이 두껍게 내려앉았고, 얼굴빛은 창백한 것이 피로가 극에 달한 사람처럼 보였다.

창준은 놀라서 바라보는 은미에게 희미하게 웃어주며 별다른 말을 하지 않았다.

이천 장의 전단지에 하나하나 마법진을 새기는 작업은 대단히 힘들었다. 이천 장이라고 하면 별것 아닌 것처럼 보이지만, 한 장 한 장 마법진을 각인하고 각인된 마법진을 활성화하는 일은 마나를 소모하는 것보다 심력이 많이 소모되는 힘든 작업이었다.

그가 이렇게 마법진을 새기는 동안 단 한 명의 손님도 없었다는 것을 좋아해야 하는지, 슬퍼해야 하는지 감이 잡히지 않았다. 마법진을 새기는 것에 방해를 받지는 않았으나 수입이 없었으니 말이다.

은미는 창준에게 다가와 핼쑥해진 그의 얼굴을 만지작거리며 걱정스러운 눈으로 바라봤다.

"대체 무슨 일을 하는데 얼굴이 이런 거야? 철야로 몸 쓰는 일을 한 사람처럼 보여"

'몸을 쓰지는 않았지만, 비슷하기는 하지.'

"점심 아직 못 먹었지? 같이 밥부터 먹자"

창준은 미리 알아뒀던 근처 중국집에 전화를 걸어서 주문을 했다. 평소에는 편의점에서 도시락을 먹거나, 라면을 끓여 먹는 것으로 대충 밥을 먹었지만, 은미에게도 그렇게 할 수는 없었다.

금세 배달된 음식을 먹고 홍보 행사를 하기 위해서 가판대와 미리 준비한 전단지를 챙겼다. 그러자 그것을 보고 있던 은미가 걱정스럽게 말했다.

"몸도 안 좋아 보이는데……."

"내 몸은 내가 잘 알아. 걱정하지 않아도 된다고"

창준은 웃으면서 말하고 한쪽에 준비한 공예품이 담긴 박스도 챙겼다. 그러다가 문득 은미를 보니 초롱초롱한 눈으로 상자를 뚫어져라 보는 것이 보였다.

'어차피 지나가는 사람들 다 줄 건데…….'

생각은 이렇게 하지만, 만약 은미가 경매로 판매할 공예품을 달라고 했어도 줬을 창준이다.

"갖고 싶은 것이 있으면 가져"

"정말? 이거 팔 거 아니야?"

"팔기는 뭘 판다는 말이야. 이거 몽땅 홍보용으로 지나가는 사람들 줄 거다."

"뭐? 왜? 이렇게 예쁜 걸 왜?"

도저히 이해를 못하겠는지 눈을 동그랗게 뜨고 말하는 은미를 보며 피식 웃어줬다. 자신의 모습이 보이는 듯했기 때문이다.

"이게 다 홍보용이다, 홍보용. 그러니까 빨리 골라봐. 안 고르면 그냥 가져간다."

"자, 잠깐!"

창준이 상자를 닫을 것처럼 의뭉스럽게 행동하자 은미는 서둘러 상자로 달려와 이것저것 뒤적거렸다.

대전에서 창준이 팔던 것처럼 허접하지도 않았고, 거기다 가 매혹 마법진까지 새겨진 공예품이기에 은미는 한참이나 고민을 하고서 목걸이 하나를 골랐다.

모든 공예품에 매혹 마법진이 걸려 있는데, 이것 중에서 겨 우 하나를 선택한 것을 보니 몽땅 갖고 싶은 마음을 힘겹게 억누른 모양이었다. 그에 대한 반증인지, 은미의 눈동자는 여 전히 상자를 향해 있었다.

창준은 은미가 보고 있는 공예품을 포함하여 종류별로 골 라 던져 줬다.

"이것도 가져가"

"돼, 됐어… 이것만 있어도……."

"오빠가 주면 그냥 좀 받아라. 내가 부담되면 주지도 않거 든"

이렇게 말을 하고서야 조심스럽게 받고, 환하게 웃으며 공 예품들을 자신의 몸에 걸쳤다.

점포에서 나온 창준과 은미는 곧장 사람들이 가장 많이 다니는 대로변으로 나왔다. 거기서 가판대를 펴고 공예품을 진열하면서 은미에게 전단지를 줬다.

"사람들이 공예품을 가져가는 것을 보다가, 공예품만 가져가는 사람이 있으면 이 전단지를 주면 되는 거야. 할 수 있지?"

"당연하지!"

은미는 창준에게 공예품을 받고 기분이 좋은지, 의기양양하게 말하며 냉큼 전단지를 받았다.

가판대에 공예품을 진열하고 예쁘게 생긴 은미가 전단지를 들고 주위에 있자 사람들의 관심이 조금씩 몰리기 시작했다.

창준은 가판대에 준비가 끝나자 미리 준비한 코팅된 종이를 꺼내서 잘 보이도록 배치했다. 코팅된 종이 중에 하나는 배포하고 있는 전단지였고, 다른 하나는 커다랗게 리세스라는 가게 이름과 '오픈 기념 무료 행사' 라고 적혀 있었고 조금 작은 글씨로 '하나씩' 이라고 적혀 있었다.

준비가 완료된 창준은 크게 심호흡을 하고 지나가는 사람이나, 호기심 어린 눈으로 지켜보는 사람들을 바라봤다. 하지만 이렇게 호기심 어린 눈으로 지켜보는 사람들은 그리 많지 않았다.

사람들 앞에서 말을 하는 것은 생각하는 것처럼 쉽지 않다. 특히 누군가에게 자신의 지식을 가리키는 것보다 지금 창준처럼 판매를 위해서 호객을 하는 것은 더욱 그렇다. 대전에서 경험이 없었다면 한 마디도 입을 열지 못했을지도 모른다.

심호흡을 마친 창준이 크게 소리쳤다.

"비즈 공예 전문점인 리세스가 오픈했습니다! 오늘 오픈 행사로 무료 증정을 드리니, 상품도 골라 가시고 약도도 받아 가셔서 다음에 꼭 찾아주시기 바랍니다!"

우렁차게 외치는 창준을 호기심 어린 눈으로 바라보던 사람들이 무료 증정이라는 말에 반응을 보였다.

가판대를 준비하면서부터 보고 있던 두 여자가 슬그머니 다가와 창준에게 물었다.

"아저씨, 정말 공짜예요?"

'나 아저씨 아니거든!'

창준은 속마음을 숨기고 웃는 얼굴로 친절히 대답했다.

"네, 공짜입니다. 마음에 드시는 것을 가져가시는 것은 좋은데, 여기 적혀 있는 것처럼 하나씩만 가져가시기 바랍니다. 그리고 저 아저씨 아닙니다."

창준의 뒷말에 전혀 반응도 없이 두 여자는 반색을 하며 가판대에 있는 공예품을 이리저리 뒤적거리며 마음에 드는 것을 찾았다.

"어머어머! 이것 봐봐, 너무 예쁘다!"

"이 가운데 있는 돌무늬 좀 봐. 너무 예뻐!"

두 여자가 호들갑을 떨면서 공예품을 이리저리 살펴보자 지나가던 사람들, 정확히는 여자들의 눈이 점점 이곳으로 몰렸다. 그들의 눈은 가장 먼저 공짜라는 말에 멈췄다가 공예품을 향하고는 공예품에서 눈을 떼지 못했다.

"날이면 날마다 오는 행사가 아닙니다! 오늘 여기 가져온 물건들은 모두 공짜로 드립니다!"

창준의 경쾌한 목소리가 들리자 조금 떨어져서 무슨 일인가 구경하던 사람들이 몰려들기 시작했다.

"저기서 무슨 이벤트하나?"

"우리도 가보자!"

처음 사람이 오는 것도 쉬웠지만, 몇 명이 모이니 이내 가판대 앞은 순식간에 여자들로 바글거렸다.

창준은 공예품을 고르는 사람들을 눈을 부릅뜨고 지켜봤다. 하나만 가져가야 하는데, 두 개 이상을 집어가는 사람을 찾으려는 것이다.

'조금이라도 많은 사람이 가져가야 돼. 그래야 한 명이라도 더 많이 찾아올 거야.'

가판대에 모인 여자들은 눈이 먹이를 노리는 승냥이처럼 변해서 공예품을 이리저리 비교하기 정신이 없었다. 누구든지 좋아할 수밖에 없는 공짜라는 것에 매혹 마법진이 가미된 공예품들은 여자들의 눈이 이렇게 변하도록 만들 수밖에 없었다.

"아저씨, 그런데 저 사진은 뭐예요?"

간혹 공예품을 고른 사람은 창준이 걸어놓은 수연의 공예품 사진을 보며 호기심을 내보였다. 미리 마법진을 새긴다고 고생한 보람이 생기는 질문이다.

"저희 리세스에서는 일주일에 세 번에 걸쳐 한정품을 경매로 판매하고 있습니다. 관심이 있는 분들은 경매에 누구든지 참여하셔서 마음에 드는 공예품을 가져갈 수 있습니다. 그리고 저, 아저씨 아닙니다."

친절한 창준의 설명을 들으면서 눈을 반짝이는 사람이 몇명 보였다. 물론 아저씨가 아니라는 말 때문은 아니었다.

사진의 화질이 낮아서 판단하기는 어렵지만, 여기에 준비된 공예품도 대단히 예쁜데 심지어 경매를 할 정도면 얼마나 예쁘겠는가 하는 모습이었다.

환하게 웃으며 친절하게 설명하는 창준의 마음은 얼굴에 보이는 즐거운 표정과는 다르게 참담했다. 실제로 얼굴은 웃고 있지만, 그의 눈은 웃고 있지 않았다.

'이거 하나하나가 얼만데… 아까워 돌아가시겠다…….'

창준이 이렇게 약간은 가식적인 모습으로 사람들을 대하

고 있을 때, 은미는 정신없이 가판대를 구경하는 사람들부터 잠깐이라도 시선을 돌리는 사람들에게까지 다가가 전단지를 돌렸다.

"리세스입니다! 많이 이용해 주세요!"

다시 말하지만, 은미는 상당한 미인이다. 아직 고등학생이라 어리다고 할 수 있지만, 사복을 입은 은미는 대학생으로 보였다.

이런 미인이 주는 전단지는 남자라면 거부할 수 없다. 그리고 여자들도 남자들이 주는 것보다 부담 없이 받을 수 있었다.

행사는 순식간에 끝났다.

한번 호기심에 다가와 공예품을 본 사람들은 마치 최면에 빠진 것처럼 공예품을 가져갔으니, 준비한 물건들이 사라지는 것은 정말 순식간이었다.

공예품을 가져가지 못한 사람들은 이미 공예품이 얼마나 자신들의 마음을 뛰게 만들었는지 느꼈다. 그래서 공예품 대신에 전단지를 받아갔다. 아마도 저 사람들은 반드시 창준의 점포에 올 것이라 생각되었다.

겨우 한 시간 남짓 하는 사이에 행사가 끝나 버렸다. 이건 생각보다 더 좋은 반응이었다.

"오빠, 전단지 다 돌렸어."

은미는 조금 지친 얼굴로 웃으며 말했다.

전단지를 주는 일이 그리 어려운 일이라 할 수는 없다. 하지만, 겨우 한 시간이라는 시간에 이천 장의 전단지를 뿌리는 일이어서 지친 것도 이해가 되었다.

"그래, 너무 고맙다."

"말로만 그러지 말고, 맛있는 밥이라도 사줘."

"그래? 좋았어! 그러면 내가 탕수육 시켜줄게!"

"와아!"

은미는 작게 환호성을 지르며 박수를 쳤다.

탕수육을 먹는다는 것에 좋아서 박수를 친다기보다 창준이 사주는 음식이기에 박수를 치는 것이다. 아마 창준이 라면을 사준다고 했어도 은미는 웃으며 박수를 쳤을 것이다.

두 사람이 성공을 축하하는 의미로 탕수육을 시켜먹기로 하고 점포로 돌아오자 눈이 커다랗게 변했다. 창준의 점포 철제계단과 그 아래까지 줄을 지어 서 있는 사람들이 보였기 때문이다.

사람들이 잠겨 있는 문을 밀어보며 말하는 소리가 들렸다.

"뭐야? 문이 닫았어?"

"아까 행사하던 사람이 주인인가 봐. 아직 행사가 안 끝나서 돌아오지… 어! 저기 왔다!"

"아저씨, 문 좀 열어줘요!"

창준은 은미는 멍하니 그것을 보다가 사람들이 자신들을 향해 외치는 것을 들으면서 동시에 속으로 생각했다.

　'대박이다!'

　창준이 은미에게 말했다.

　"아무래도 탕수육은 조금 이따가 먹어야……."

　"당연하지! 빨리 가봐, 손님들이 기다리잖아!"

　은미의 말에 창준이 가게로 걸어갔다. 그러자 사람들이 뒤로 물러서며 그가 올라갈 길을 만들었다.

　"아저씨, 오늘 장사 하시는 거죠?"

　대학생으로 보이는 여자가 창준에게 물어보자, 창준은 환하게 웃으며 대답했다.

　"당연하죠! 얼마든지 둘러보시고 마음에 드는 것이 있으면 가져오세요. 그리고 저, 아저씨 아닙니다."

CHAPTER
09

준비

ALCHEMIST

"이거 어때?"

"너무 예뻐! 완전 대박이야! 내가 고른 것도 봐봐!"

"어머! 이거 어디서 찾았어? 내가 봤을 때는 없었는데……."

"그러니까 여기서는 제일 앞에 있는 것만 보면 안 돼. 물건들 사이사이에 더 예쁜 것들이 많다니까."

"저… 저… 저기 그거 내가 가져가면……."

"누구세요?"

창준은 자신과 가장 가까이에서 물건을 고르는 두 여자가 말하는 것을 들으면서 흐뭇한 웃음을 띠었다. 그가 바라보고 있는 매장 안의 모습에 사람이 바글거려 틈이 보이지 않을 정도였다.

홍보용 행사를 하고 그 당일부터 몰려든 사람들은 며칠이 지나자 지금과 같은 모습으로 매장 안의 광경을 바꿨다.

"아저씨, 이거 주세요."

옥신각신하던 두 여자가 계산대로 다가와 자신들이 고른 공예품을 계산대에 올렸다. 창준은 그들이 가져온 공예품을 보면서 계산기를 두들겼다.

"따로 계산하실 건가요?"

"네, 따로 해주세요."

"그러면 이분은 목걸이 한 개, 팔찌 한 개니까… 21만 원 되겠고, 이분이 가져온 것은 반지 하나, 귀걸이 두 개니까… 16만 원 되겠습니다."

창준이 판매하는 가격은 대단히 비싸다. 인터넷에서 판매하는 것과 비교가 되지 않을 정도였다.

일반적으로 목걸이는 비싸도 6만 원, 팔찌는 4만 원, 반지는 3만 원 선까지 올라가는 경우는 있다. 그리고 특별한 재료나 만들기 어려운 경우에 목걸이 같은 경우 15만 원 선까지도 올라간다. 그것을 생각하면 무려 매혹 마법진이 들어간 창준의 공예품들을 이 정도 가격에 판매하는 것도 정당해 보인다.

하지만 창준이 받는 가격은 어떤 것이든 균일하게 받는다. 그것이 마법진이 들어간 것이든, 아니면 마법진이 들어가지 않은 것이든 말이다.

마법진이 들어간 것을 구매하는 사람은 땡잡은 것이고, 그렇지 않은 물건을 고른 사람은 약간 손해를 보는 것이라고 할 수 있다. 가게 이름이 가진 뜻처럼 보물을 찾는 사람은 대박이라고 할 수 있다.

가격이 비싸다 보니 지금 창준의 앞에 있는 두 여자처럼 나오는 경우도 있다.

"아저씨, 깎아주시면 안되나요? 제가 돈이 조금 모자라서……."

불쌍한 얼굴을 하면서 동정을 호소하는 여자를 보는 창준은 얼굴빛 하나 변하지 않고 말했다.

"안 됩니다. 21만 원 되겠습니다."

그것을 보던 다른 여자가 환하게 웃으며 말했다.

"오빠, 저 기억하시죠? 저번에도 왔었잖아요. 조금만 깎아주세요. 다음에 또 올게요, 네?"

"네, 그러면 15만 원에 해드리죠. 그 이하는 저도 남는 게 없습니다."

쿨하게 만 원을 깎아주는 창준을 보는 다른 여자는 멍하니 바라볼 뿐이다.

가끔 이렇게 오빠라고 부르는 사람에게는 약간씩 금액을 싸게 해주는 융통성을 가진 창준이다.

"고맙습니다! 너도 빨리 계산해."

"저기요, 왜 나만 안 깎아주…….."

"일단 계산해. 내가 나가서 얘기해 줄게."

뭐라고 항의를 하려던 여자는 친구의 말에 소태를 씹은 얼굴로 계산을 하고는 밖으로 끌려 나가다시피 나갔다.

밖으로 나온 친구는 그녀에게 웃으면서 말했다.

"그러기에 왜 아저씨라고 불러서 그래? 여기 처음 오면서. 가만히 있었으면 내가 알아서 했을 텐데."

"뭐? 그러면 겨우 아저씨라고 불렀다고 안 깎아줬단 말이야?"

"여기는 원래 그래. 거기다가 항의하면 다음부터는 같이 온 친구도 안 깎아준다고. 그러니까 너도 다음에는 그냥 오빠라고 불러. 아니면 주인 오빠라고 하든지."

방금 나간 두 사람과 같은 일은 가끔 벌어지는 일이다.

삐삐삐삑! 삐삐삐삑!

창준의 시계에서 알람이 울렸다. 그러자 가게에서 쇼핑을 하던 사람들이 일제히 쇼핑하던 것을 멈추고 창준을 바라봤다.

창준은 시계 알람을 멈추면서 시간을 확인하고 자신이 서 있는 자리 뒤에 있는 작은 서랍을 열쇠로 열었다. 그리고 그 안에서 작은 상자를 꺼내 계산대 위에 올렸다.

상자는 고급스러운 붉은색으로 되어 있었고, 열리는 부분은 금색의 테가 둘러져 있었다. 그리고 상자의 중앙에는 금색 자수로 리세스라는 글자가 영어로 멋지게 적혀 있었다.

창준이 상자를 천천히 열었다. 그러자 열리는 공간으로 들어간 빛이 안에 있는 공예품에 부딪쳐 산산이 부서지며 화려하게 빛났다. 그리고 상자가 열리면서 풍기는 청량한 향기가 은은하게 풍겨 나왔다.

상자 안에 예쁘게 놓여 있는 것은 목걸이였다. 흰색부터 검은색까지 네 가지 색 줄이 꼬아져서 내려와, 가운데에는 엄지손톱 두 개만 한 액세서리가 달려 있다. 액세서리는 또 두 개로 나눠져 있는데, 안쪽에는 작은 보석들이 깨알같이 붙어 있고 바깥쪽에는 하늘에서 쏟아진 별들이 박혀 있는 것 같은 은하수 모양의 세공이 되어 있었다.

전체적으로 심플하면서도 뭔가 고급스럽고 세련된 느낌이 들었다.

창준은 사람들에게 더 잘 보이도록 앞으로 살짝 밀어 보이고는 말했다.

"오늘 경매에 나온 공예품은 목걸이입니다. 경매 가격은 20만 원부터 시작을 하도록 하겠습니다."

"20만 원!"

창준의 말이 끝나기가 무섭게 누군가 소리쳤다. 그리고 그 뒤로 여자들이 서로 가격을 올리면서 외쳤다.

"25만 원!"

"40만 원!"

"50만 원!"

서로 눈치 싸움도 보면서 가격을 올리던 여자들은 금세 100만 원이라는 금액을 넘겼다.

"105만 원!"

"110만 원!"

열기가 후끈 달아오른 경매는 147만 원이라는 가격에 낙찰되어, 목걸이는 한 여자의 손에 들어갔다. 경매에 들어간 시간은 겨우 10분 정도밖에 되지 않았다.

낙찰 받은 여자는 자신의 손에 들어온 목걸이를 환희에 젖은 눈으로 바라보고, 다른 여자들은 부러움과 선망의 시선으로 낙찰 받은 여자를 바라볼 뿐이다.

순식간에 달아올랐던 경매가 끝나고 사람들은 다시 쇼핑에 빠져들었다.

시간이 저녁 8시가 되자, 창준은 쇼핑을 하던 사람들에게 소리쳤다.

"폐점 시간이 되었습니다!"

"벌써요?"

"이제 겨우 8시잖아요. 조금 더 열어주세요!"

창준의 말에 구경을 하던 여자들이 소리 높여 말했지만, 창준은 대답도 하지 않고 자신이 하던 말을 마저 했다.

"저희 리세스에 오신 여러분들에게 감사의 말씀을 드리며 다음에 또 방문해 주시기를 바랍니다. 앞으로 10분간만 계산을 해드리며, 시간이 지나면 계산을 하지 않으니 이점 유념해 주시면 감사하겠습니다."

구경하던 사람들은 창준의 말에 아쉬움을 표하면서도 두말하지 않고 마음에 드는 공예품을 들고 계산을 하려고 나왔다.

창준 입장에서도 더 판매를 하면 좋지만, 내일 또 장사를 하려면 마법진을 각인하는 작업을 해야 하기 때문에 양보할 수 없는 일이다.

10분 동안 계산을 하고 썰물 빠지듯 사람들이 나간 매장을 흐뭇한 눈으로 바라봤다. 그리고 계산대에서 오늘 판매한 금액을 정산하기 시작했다.

계산대를 터뜨리고 튀어나올 것처럼 쌓여 있는 현금더미들을 하나하나 계산해 보니 금액이 무려 600만 원 상당이나 되었다. 이것만 비교해도 대전에서 판매하던 것에 비하면 몇 배를 넘는 수익이었다. 여기에 카드로 계산한 전표까지 계산하니 총 수익이 나왔다.

"오늘 총 수익은 1,300만 원 정도 나오는구나"

창준은 현금과 영수증을 손에 쥐고 입이 귀에 걸리도록 벙
긋거리며 웃었다. 당초 예상을 훨씬 웃도는 수익이었다.

은미와 같이 행사를 했던 날짜로부터 보름 정도가 지난 지
금, 그의 수중에 있는 금액은 현금으로 칠천만 원이 넘었다.

얼마 전까지 가진 돈이 200만 원 정도밖에 없었던 창준이
었다. 그래서 지금 이것이 사실인지 하루하루가 현실처럼 느
껴지지 않았다.

'이제 슬슬 준비를 시작하는 것이 좋겠다.'

창준은 이제야 포션을 만들 생각이 들었다. 자금이 충분하
고 향후 추가 자금 확보도 가능하니 포션을 만들어도 될 것이
라는 생각인 것이다.

PC방에 가서 조사하는 것도 지친 창준이 얼마 전에 구입한
싸구려 구형 노트북을 이용해서 현재 백금 가격을 검색했다.

백금 가격은 한국금거래소 사이트에서 실시간으로 올라오
기 때문에 알아보기 쉬웠다.

'살 때는 23만 8000원, 팔 때는 19만 7000원이네.'

그러면 초기에 구입하려고 했던 20냥의 백금을 구입하는
데 필요한 금액은 총 4,760만 원이라는 계산 결과가 나오게
된다. 엄청난 금액이기는 하지만, 현재 가진 돈을 기준으로

생각하면 충분히 구입 가능한 금액이다.

백금을 제외하고 다른 재료들은 모두 가격이 비싸지 않다. 재료 중 하나인 생석회는 실험용으로 판매하는 것을 기준으로 500g에 1만 원 정도면 구입이 가능할 정도다.

구입해야 되는 것을 나열하자면 수없이 많지만, 이것들보다 더 먼저 처리해야 되는 것도 있었다.

바로 실험할 장소였다.

부동산을 검색하는 창준은 당연히 이곳 홍대 주변을 검색하여 부동산 매물을 찾아봤다. 그리고 여러 매물 중에서 특히 단기로 나온 사무실을 검색했다.

다행히 단기 매물은 적지 않았다.

여러 곳을 살펴보던 창준은 마음에 드는 곳을 찾았다. 지하에 위치하고 있으면서, 창문도 적었고 공간도 상당히 넓었기에 포션을 제조하기에 아주 적당하다고 할 수 있었다. 평수가 60평이나 되어서 보증금 3,500만 원에 월세로 300만 원이나 줘야 되지만 말이다.

당장은 부담이 되는 금액이라고 할 수 있다. 그렇지만 하루하루 리세스에서 나오는 금액을 생각하면 며칠 만에 마련할 수 있는 금액이기도 했다.

포션 제조를 할 사무실을 정했으니, 다음은 시약과 포션을 제조하면서 사용할 기구를 구매하는 일이다.

이건 전에 짬짬이 미리 준비를 했었기에 어디서 구매를 하는지 알고 있었다.

'청계천에 가면 다 구할 수 있지.'

과거에 청계천 상가를 조사하면 장갑차 서너 대는 나온다는 말도 있었다. 그랬던 청계상가가, 청계천이 복구되고 상가가 철수한 이후로 이런 얘기는 거의 들리지 않는 것이 사실이다.

하지만 겉으로 드러난 상가는 많이 사라졌으나, 그 내부에서는 여전히 활발히 상거래가 이뤄지는 곳이 바로 청계천이다. 그 규모는 과거에 비해서 많이 축소됐지만 말이다.

'비이커, 에를렌마이어 플라스크, 가열 플라스크, 계량용 플라스크……'

창준이 인터넷으로 고르는 각종 실험기구는 사실 정확히 용도가 있어서 구입하려는 것은 아니다.

애초에 연금마법진으로 무언가를 만드는 것도 처음이고, 무엇이 필요할지 모르기 때문에 닥치는 대로 고르고 있다는 것이 정확했다. 몇몇 개는 실제로 필요한 것이기는 했지만 말이다.

그나마 지금 이곳이 미국이 아니라는 사실이 다행이라면 다행이다.

미국의 경우, 이런 실험기구들을 이용해서 마약을 제조하는 일이 제법 빈번했다. 그래서 이런 물건을 대량 구입하면 경찰의 수사망에 오르기도 했다.

하지만 한국은 그렇지 않다. 물론 장부에는 자료가 남을지 모르지만, 그 정도 가지고 창준을 찾아오는 경찰은 없다고 장담해도 된다.

구입할 물품들을 고르고 난 다음, 창준이 찾은 것은 백금을 구입할 곳이다.

흔히 백금이나 금속이 필요한 경우, 사람들이 찾는 곳은 금은방이 대부분이다. 하지만 창준이 구하려는 것처럼 괴로 만들어진 물건이 필요하면 금은방에서 구입하기보다는 전문 업체에서 구입하는 것이 좋다.

금은방에서 구입하는 것도 가능할지 모르지만, 그곳에서 구입하면 전문 업체에서 구입하는 것보다 수수료로 가져가는 것이 많다.

창준이 찾는 업체는 종로에 많이 위치하고 있다. 한국에서 귀금속이 가장 많이 거래되고, 업체가 가장 많이 몰려 있는 곳이 바로 종로다.

업체들이 몰려 있는 이유는 간단했다.

바로 안전을 위해서다.

이런 업체들은 사무실에 실제로 고가의 금괴와 같은 것들을 가지고 있고, 현금도 제법 가지고 있는 경우가 많다. 종종 직접 업체에 방문하여 금괴를 사가는 사람이 있으니, 물건을 준비하고 있는 것은 당연하다.

이렇다 보니 물욕에 눈이 가려진 일부 범죄자들이 업체를 습격해 물건을 훔쳐가는 경우가 비일비재했었다.

그런 일이 빈번히 발생하게 되니, 업체들은 서로 모이게 되고 문제가 생기면 함께 대응할 수 있도록 시스템화된 것이라 보면 된다.

그래서인지 지금은 업체를 직접 습격하는 경우는 거의 없다.

창준은 찾아갈 업체를 정하고 노트북을 덮었다.

'이제 준비는 모두 끝났다. 빨리 물건들을 구해야겠어.'

의자에 몸을 기대고 목표가 머지않았다는 생각에 뿌듯한 기분을 느끼며 미소를 지었다.

『알케미스트』 2권에 계속…

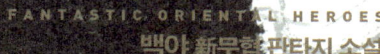
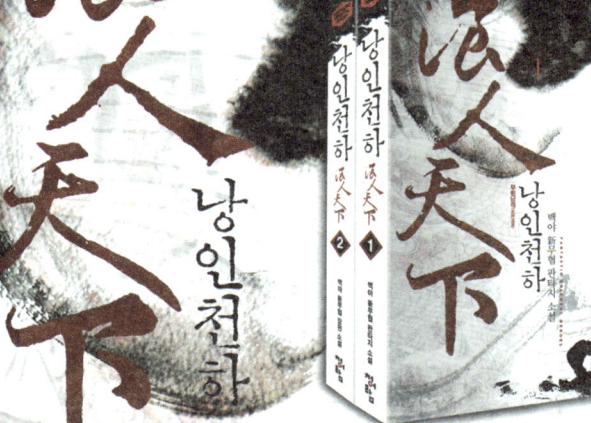

FUSION FANTASTIC STORY

STEEL ROAD

이영균 퓨전 판타지 소설

스틸로드

**2012년 겨울!! 대륙의 핍박받던 이들을 향한
구원과 희망의 울림이 메아리친다!**

「스틸로드」

사랑하는 아내와의 꿈과 같은 크루즈여행의 마지막 밤.
배는 난파를 당하고, 이계로 떨어진 준혁!

사략해적의 손길에서 살아남은 준혁은 아내를 찾기 위해
미지의 땅에서 영웅이 된다!

뜨거운 사막의 열기처럼! 악마의 달의 위엄처럼!
강철같은 심장을 가진 그의 행보가 시작된다!

신화를 쓰는 남자의 길을 주목하라!

Book Publishing CHUNGEORAM

유행이 아닌 자유추구 -
WWW.chungeoram.com

拳王降臨
권왕강림

FUSION FANTASTIC STORY

무명서생 장편 소설

강렬함을 원하는가?
원한다면 읽어라!

『권왕강림』

주먹으로 마왕을 때려잡던 이계의 피스트 마스터, 카론!
나약한 왕따와 영혼이 교체되어 현대에 다시 태어나다!

"앞을 가로막는 자는 때려눕힌다!"

맨손으로 불평등한 세상을 평정할
위대한 권왕의 이름을 기억하라!

권왕 상두 강! 림!

www.chungeoram.com